White Night

Fiódor Dostoievski

PAGES PLANET PUBLISHING

Publicado por

PUBLICACIONES DE PAGES PLANET

Correo electrónico: pagesplanetpublishing@gmail.com

Para obtener más información o realizar consultas, póngase en contacto con el editor en el correo electrónico anterior.

Publicado por primera vez por Pages Planet Publishing en 2024

NOCHES BLANCAS

Una historia sentimental del diario de un soñador

PRIMERA NOCHE

Fue una noche maravillosa, una noche como solo es posible cuando somos jóvenes, querido lector. El cielo era tan estrellado, tan brillante que, al mirarlo, uno no podía dejar de preguntarse si personas de mal humor y caprichosas podían vivir bajo ese cielo. Esa es una pregunta juvenil también, querido lector, muy juvenil, pero que el Señor la ponga más a menudo en tu corazón... Hablando de gente caprichosa y de mal humor, no puedo dejar de recordar mi condición moral todo ese día. Desde temprano en la mañana me había oprimido un extraño desaliento. De repente me pareció que estaba solo, que todos me abandonaban y se alejaban de mí. Por supuesto, cualquiera tiene derecho a preguntar quién era "todos". Porque, aunque había vivido casi ocho años en San Petersburgo, apenas me conocía. Pero, ¿qué quería yo con los conocidos? Conocía todo Petersburgo tal como era; por eso sentí que todos me abandonaban cuando todo Petersburgo hizo las maletas y se fue a su villa de verano. Sentí miedo de quedarme solo, y durante tres días enteros deambulé por la ciudad con un profundo abatimiento, sin saber qué hacer conmigo mismo. Tanto si paseaba por la Nevski, como si iba a los jardines o paseaba por el terraplén, no había un solo rostro de los que había estado acostumbrado a encontrar a la misma hora y en el mismo lugar durante todo el año. Ellos, por supuesto, no me conocen, pero yo los conozco a ellos. Los conozco íntimamente, casi he hecho un estudio de sus rostros, y me alegro cuando son alegres, y me siento abatido cuando están bajo una nube. Estuve a punto de entablar amistad con un anciano con el que me encuentro todos los benditos días, a la misma hora, en Fontanka. Un semblante tan grave y pensativo; Siempre está susurrando para sí mismo y blandiendo su brazo izquierdo, mientras que en su mano derecha sostiene un palo largo y nudoso con una perilla dorada. Incluso se fija en mí y se interesa mucho por mí. Si resulta que no estoy en un momento determinado en el mismo lugar de Fontanka, estoy seguro de que se siente decepcionado. Así es como casi nos inclinamos el uno ante el otro, especialmente cuando ambos estamos de buen humor. El otro día, cuando no nos habíamos visto en dos días y nos encontramos en el tercero, en realidad nos estábamos tocando el sombrero, pero, al darnos cuenta a tiempo, soltamos las manos y nos cruzamos con una mirada de interés.

También conozco las casas. A medida que camino, parecen correr por las calles para mirarme desde todas las ventanas, y casi para decir: "¡Buenos días! ¿Cómo estás? Estoy bastante bien, gracias a Dios, y voy a tener un piso nuevo en mayo", o "¿Cómo estás? Mañana me van a redecorar", o "Casi me queman y me llevé un susto", y así sucesivamente. Tengo mis favoritos entre ellos, algunos son amigos queridos; Uno de ellos tiene la intención de ser tratado por el arquitecto este verano. Iré todos los días a propósito para ver que la operación no sea un fracaso. ¡Dios no lo quiera! Pero nunca olvidaré un incidente con una casita muy bonita de color rosa claro. Era una casita de ladrillo tan encantadora, me miraba con tanta hospitalidad y con tanto orgullo a sus desgarbados vecinos, que mi corazón se regocijaba cada vez que pasaba por delante de ella. De repente, la semana pasada, caminaba por la calle, y cuando miré a mi amigo escuché un quejumbroso: "¡Me están pintando de amarillo!" ¡Los villanos! ¡Los bárbaros! No habían escatimado nada, ni columnas, ni cornisas, y mi pobre amiguito estaba amarillo como un canario. Casi me hizo bilios. Y hasta el día de hoy no he tenido el coraje de visitar a mi pobre amigo desfigurado, pintado del color del Imperio Celeste.

Comprende, lector, en qué sentido conozco todo Petersburgo.

Ya he mencionado que me había sentido preocupado durante tres días enteros antes de adivinar la causa de mi inquietud. Y yo me sentía incómodo en la calle —se había ido uno y se había ido el otro, ¿y qué había sido del otro?—, y en casa tampoco me sentía yo mismo. Durante dos noches estuve desconcertándome el cerebro pensando en lo que pasaba en mi rincón; por qué me sentía tan incómodo en él. Y con perplejidad escudriñé mis mugrientas paredes verdes, con el techo cubierto por una tela de araña, cuyo crecimiento Matrona había fomentado con tanto éxito. Revisé todos mis muebles, examiné cada silla, preguntándome si el problema estaba allí (porque si una silla no está en la misma posición que el día anterior, no soy yo mismo). Miré a la ventana, pero todo fue en vano... ¡No fui ni un poco mejor por eso! Incluso se me ocurrió mandar a buscar a Matrona, y le estaba dando algunas advertencias paternales con respecto a la tela de araña y la putería en general; Pero ella simplemente me miró con asombro y se fue sin decir una palabra, de modo que la tela de araña cuelga cómodamente en su lugar hasta el día de hoy. Por fin, esta mañana me he dado cuenta de lo que estaba mal. ¡Aie! ¡Vaya, me están dando el resbalón y se van a sus villas de verano! Perdonen la trivialidad de la expresión, pero no estoy de humor para un lenguaje fino... porque todo lo que había estado en San

Petersburgo se había ido o se iba de vacaciones; porque todo caballero respetable de apariencia digna que tomaba un coche se transformaba al instante, a mis ojos, en un respetable jefe de familia que, después de terminar sus deberes diarios, se dirigía al seno de su familia, a la villa de verano; porque todos los transeúntes tenían ahora un aire muy peculiar que parecía decir a todos los que encontraban: «Sólo estamos aquí por el momento, caballeros, y dentro de dos horas nos iremos a la villa de verano». Si una ventana se abriera después de que unos dedos delicados, blancos como la nieve, hubieran golpeado el cristal, y la cabeza de una linda muchacha se asomara, llamando a un vendedor ambulante con macetas de flores, en el acto me imaginé que esas flores se compraban no sólo para disfrutar de las flores y la primavera en los sofocantes alojamientos de la ciudad. sino porque todos se mudarían muy pronto al campo y podrían llevarse las flores consigo. Lo que es más, hice tal progreso en mi nuevo y peculiar tipo de investigación que pude distinguir correctamente por el mero aire de cada uno en qué villa de verano estaba viviendo. Los habitantes de las islas Kamenny y Aptekarsky o de la carretera de Peterhof se distinguían por la estudiada elegancia de sus modales, sus trajes de verano a la moda y los finos carruajes en los que se dirigían a la ciudad. Los visitantes de Pargolovo y de lugares más lejanos impresionan a primera vista por su aire razonable y digno; el viajero a la isla de Krestovsky podía ser reconocido por su mirada de alegría incontenible. Si por casualidad me encontrara con una larga procesión de carreteros que caminaban perezosamente con las riendas en las manos junto a carretas cargadas de montañas regulares de muebles, mesas, sillas, otomanas y sofás y utensilios domésticos de todo tipo, a menudo con una cocinera decrépita sentada encima de todo, guardando la propiedad de su amo como si fuera la niña de sus ojos; o si veía botes cargados de enseres domésticos arrastrándose a lo largo del Neva o del Fontanka hasta el río Negro o las islas, los carromatos y los botes se multiplicaban por diez, por cien, a mis ojos. Me imaginaba que todo era agitado y conmovedor, que todo iba en caravanas regulares a las villas de verano. Parecía como si San Petersburgo amenazara con convertirse en un desierto, de modo que al final me sentí avergonzado, mortificado y triste de no tener a dónde ir para las vacaciones y ninguna razón para irme. Estaba dispuesto a marcharme con todos los vagones, a marcharme con todos los caballeros de apariencia respetable que tomaran un coche; Pero nadie, absolutamente nadie, me invitó; ¡Parecía que se habían olvidado de mí, como si realmente fuera un extraño para ellos!

Di largos paseos, consiguiendo, como de costumbre, olvidar por completo dónde estaba, cuando de repente me encontré a las puertas de la ciudad. Al instante me sentí alegre, pasé la barrera y caminé entre campos cultivados y prados, inconsciente de la fatiga y sintiendo sólo por todas partes como si se me cayera un peso del alma. Todos los transeúntes me miraban tan amablemente que parecían casi saludarme, todos parecían tan contentos por algo. Todos fumaban puros, cada uno de ellos. Y me sentí satisfecho como nunca antes lo había hecho. Era como si de repente me hubiera encontrado en Italia: tan fuerte era el efecto de la naturaleza sobre un ciudadano medio enfermo como yo, casi asfixiado entre los muros de la ciudad.

Hay algo indeciblemente conmovedor en la naturaleza alrededor de San Petersburgo, cuando al acercarse la primavera despliega todas sus fuerzas, todos los poderes que le ha otorgado el cielo, cuando se rompe en hojas, se engalana y se adorna con flores... De alguna manera, no puedo evitar recordar a una chica frágil y consumista, a la que a veces se mira con compasión, a veces con amor compasivo, a la que a veces simplemente no se fija; Aunque de repente, en un instante, se convierte, como por casualidad, en inexplicablemente encantadora y exquisita, y, impresionada y embriagada, uno no puede dejar de preguntarse qué poder hizo que esos ojos tristes y pensativos brillaran con tanto fuego. ¿Qué convocó la sangre a esas mejillas pálidas y pálidas? ¿Qué bañaba de pasión esos suaves rasgos? ¿Qué hizo que ese pecho se agitara? ¿Qué de repente llamaba fuerza, vida y belleza en el rostro de la pobre muchacha, haciéndolo brillar con tal sonrisa, encenderse con una risa tan brillante y chispeante? Miras a tu alrededor, buscas a alguien, conjeturas... Pero el momento pasa, y al día siguiente te encuentras, tal vez, con la misma mirada pensativa y preocupada de antes, el mismo rostro pálido, los mismos movimientos mansos y tímidos, e incluso signos de remordimiento, rastros de una angustia mortal y arrepentimiento por la fugaz distracción... Y te afliges de que la belleza momentánea se haya desvanecido tan pronto para no volver jamás, de que brilló sobre ti de manera tan traicionera, tan vanamente, te afliges porque ni siquiera tuviste tiempo de amarla...

¡Y sin embargo, mi noche fue mejor que mi día! Así sucedió.

Regresé a la ciudad muy tarde, y eran las diez, cuando me dirigía a mi alojamiento. Mi camino discurría a lo largo del terraplén del canal, donde a esa hora nunca se encuentra un alma. Es cierto que vivo en una parte muy remota de la ciudad. Caminé cantando, porque cuando estoy feliz siempre estoy tarareando para mí mismo como todo hombre feliz que no tiene un amigo o conocido con quien compartir su alegría. De repente tuve una aventura de lo más inesperada.

Apoyada en la barandilla del canal había una mujer con los codos apoyados en la barandilla, aparentemente miraba con gran atención el agua fangosa del canal. Llevaba un sombrero amarillo muy encantador y un pequeño manto negro alegre. "Es una niña, y estoy seguro de que es morena", pensé. No parecía oír mis pasos, y ni siquiera se movió cuando pasé a mi lado con la respiración contenida y el corazón palpitante.

«Extraño», pensé; —Debe de estar absorta en algo —y de repente me detuve como petrificado—. Escuché un sollozo ahogado. ¡Sí! No me equivoqué, la niña estaba llorando, y un minuto después escuché sollozo tras sollozo. ¡Dios mío! Mi corazón se hundió. Y a pesar de lo tímido que era con las mujeres, sin embargo, este fue un gran momento... Me volví, di un paso hacia ella y, sin duda, habría pronunciado la palabra «¡Señora!» si no supiera que esa exclamación se ha pronunciado mil veces en todas las novelas de la sociedad rusa. Sólo que la reflexión me detuvo. Pero mientras yo buscaba una palabra, la muchacha volvió en sí, miró a su alrededor, se sobresaltó, bajó los ojos y se deslizó a mi lado a lo largo del terraplén. La seguí de inmediato; Pero ella, adivinando esto, abandonó el terraplén, cruzó la carretera y caminó por la acera. No me atreví a cruzar la calle detrás de ella. Mi corazón palpitaba como un pájaro capturado. De repente, una oportunidad vino en mi ayuda.

A lo largo del mismo lado de la acera apareció de repente, no lejos de la muchacha, un caballero en traje de noche, de edad digna, aunque de porte no digno; Se tambaleaba y se apoyaba cautelosamente en la pared. La muchacha voló recta como una flecha, con la tímida prisa que se ve en todas las muchachas que no quieren que nadie se ofrezca a acompañarlas a casa por la noche, y sin duda el caballero tambaleante no la habría perseguido si mi buena suerte no se lo hubiera indicado.

De repente, sin decir una palabra a nadie, el caballero se puso en marcha y voló a toda velocidad en busca de mi desconocida dama. Corría como el viento, pero el caballero tambaleante la estaba adelantando, la había alcanzado. La muchacha lanzó un chillido, y... Bendigo mi suerte por el excelente palo anudado, que en esa ocasión resultó estar en mi mano derecha. En un abrir y cerrar de ojos estaba al otro lado de la calle; En un abrir y cerrar de ojos, el entrometido caballero había tomado la posición, había comprendido el irresistible argumento, se había echado atrás sin decir una palabra, y sólo cuando estábamos muy lejos protestó contra mi acción en un lenguaje bastante vigoroso. Pero sus palabras apenas nos llegaron.

—Dame tu brazo —le dije a la muchacha—. Y no se atreverá a molestarnos más.

Me tomó del brazo sin decir una palabra, todavía temblando de emoción y terror. ¡Oh, caballero entrometido! ¡Cómo te bendije en ese momento! Le eché un vistazo, era muy encantadora y morena, había acertado.

En sus pestañas negras aún brillaba una lágrima, de su reciente terror o de su antiguo dolor, no lo sé. Pero ya había un destello de sonrisa en sus labios. Ella también me echó un vistazo, se sonrojó levemente y bajó la mirada.

"Ahí, ya ves; ¿Por qué me ahuyentaste? Si yo hubiera estado aquí, no habría pasado nada...".

"Pero yo no te conocía; Pensé que tú también...".

"¿Por qué, me conoces ahora?"

"¡Un poco! Aquí, por ejemplo, ¿por qué tiemblas?

"¡Oh, tienes razón en la primera suposición!" Le respondí, encantado de que mi niña tuviera inteligencia; que nunca está fuera de lugar en compañía de la belleza. —Sí, a primera vista has adivinado la clase de hombre con el que tienes que vértelo. Precisamente; Soy tímido con las mujeres, estoy agitado, no lo niego, tanto como lo fuiste tú hace un minuto cuando ese caballero te alarmó. Ahora estoy algo alarmado. Es como un sueño, y nunca supuse, ni siquiera en sueños, que alguna vez hablaría con alguna mujer".

"¿Qué? De verdad?..."

—Sí; Si me tiembla el brazo, es porque nunca ha sido sostenido por una bonita manita como la tuya. Soy un completo desconocido para las mujeres; es decir, nunca he estado acostumbrado a ellos. Ya ves, estoy solo... Ni siquiera sé cómo hablar con ellos. ¡Aquí, no sé ahora si no te he dicho algo tonto! Díganme francamente; Te aseguro de antemano que no me ofendo?..."

"No, nada, nada, todo lo contrario. Y si insistes en que hable con franqueza, te diré que a las mujeres les gusta esa timidez; y si quieres saber más, a mí también me gusta, y no te echaré hasta que llegue a casa.

—Me harás perder la timidez —dije, sin aliento de placer— y luego despedirme de todas mis oportunidades...

"¡Oportunidades! ¿Qué posibilidades, de qué? Eso no es tan agradable".

"Le ruego que me perdone, lo siento, fue un desliz de la lengua; Pero, ¿cómo se puede esperar que alguien en un momento así no tenga ningún deseo...?

—Que te guste, ¿eh?

—Bueno, sí; pero, por el amor de Dios, sé amable. ¡Piensa en lo que soy! Aquí tengo veintiséis años y nunca he visto a nadie. ¿Cómo puedo hablar bien, con tacto y al grano? Te parecerá mejor cuando te lo haya contado todo abiertamente... No sé callar cuando mi corazón está hablando. Bueno, no importa... Créeme, ni una sola mujer, ¡nunca, nunca! ¡Ningún conocido de ningún tipo! Y no hago otra cosa que soñar todos los días con que por fin encontraré a alguien. ¡Oh, si supieras cuántas veces me he enamorado de esa manera!

"¿Cómo? ¿Con quién?..."

"Pues, con nadie, con un ideal, con el que sueño en sueños. Invento romances regulares en mis sueños. ¡Ah, no me conoces! Es cierto, por supuesto, he conocido a dos o tres mujeres, pero ¿qué clase de mujeres eran? Eran todas caseras, eso... Pero os haré reír si os digo que varias veces he pensado en hablar, simplemente hablando, a alguna dama aristocrática de la calle, cuando está sola, no hace falta decirlo; hablándole, por supuesto, con timidez, con respeto, con pasión; diciéndole que perezco en soledad, rogándole que no me despida; diciendo que no tengo ninguna posibilidad de conocer a ninguna mujer; inculcándole que es un deber positivo para una mujer no rechazar una plegaria tan tímida de un hombre tan desafortunado como yo. Que, en efecto, lo único que pido es que diga dos o tres palabras fraternales con simpatía, que no me repugnen a primera vista; debe tomarme en confianza y escuchar lo que digo; que se ría de mí si le gusta, que me anime, que me diga dos palabras, sólo dos palabras, aunque no nos volvamos a encontrar después... Pero te estás riendo; sin embargo, es por eso que les digo..."

"No te desanimes; No hago más que reírme de que seas tu propio enemigo, y si lo hubieras intentado lo hubieras conseguido, tal vez, aunque hubiera sido en la calle; cuanto más sencillo, mejor.... Ninguna mujer de buen corazón, a menos que fuera estúpida o, más aún, molesta por algo en ese momento, podría decidirse a despedirte sin esas dos palabras que pides tan tímidamente... Pero, ¿qué estoy diciendo? Por supuesto que te tomaría por un loco. Yo juzgaba por mí mismo; Sé mucho sobre la vida de otras personas".

—Oh, gracias —exclamé—; "¡No sabes lo que has hecho por mí ahora!"

"¡Me alegro! ¡Me alegro! Pero dime, ¿cómo te enteraste de que yo era el tipo de mujer con la que... bueno, a quien creas digno... de atención y amistad... De hecho, ¿no es una casera como dices? ¿Por qué decidiste acercarte a mí?

"¿Qué me hizo?... Pero tú estabas solo; Aquel caballero era demasiado insolente; Es de noche. Debes admitir que era un deber...".

—No, no; Quiero decir, antes, al otro lado, sabes que querías acercarte a mí.

"¿Del otro lado? Realmente no sé cómo responder; Tengo miedo de... ¿Sabes que hoy he sido feliz? Caminaba cantando; Salí al campo; Nunca había tenido momentos tan felices. Tú... tal vez era mi fantasía... Perdóneme por referirme a ello; Me imaginé que estabas llorando, y yo... no podía soportar escucharlo ... Hizo que me doliera el corazón... ¡Dios mío! ¿No es posible que me preocupe por ti? Seguramente no había nada de malo en sentir compasión fraternal por ti... Te ruego que me perdones, te dije compasión... Bueno, en resumen, seguramente no te ofenderías por mi impulso involuntario de acercarme a ti?...

—Detente, ya basta, no hables de eso —dijo la muchacha, bajando la mirada y apretándome la mano—. "Es culpa mía por haber hablado de ello; pero me alegro de no haberme equivocado en ti... Pero aquí estoy en casa; Debo bajar por esta curva, están a dos pasos de aquí.... Adiós, gracias..."

"Seguramente... Seguro que no te refieres a... que no nos volveremos a ver?... ¿No será este el fin?

—Ya ves —dijo la muchacha riendo—, al principio sólo querías dos palabras, y ahora... Sin embargo, no diré nada ... tal vez nos encontremos...".

—Vendré aquí mañana —dije—. "Oh, perdóname, ya estoy haciendo exigencias..."

"Sí, no eres muy paciente ... Casi estás insistiendo".

"¡Escucha, escucha!" La interrumpí. "Perdóname si te digo algo más... Te digo una cosa, no puedo evitar venir aquí mañana, soy un soñador; Tengo tan poca vida real que ahora considero momentos como este como tan raros, que no puedo evitar repasar esos momentos de nuevo en mis sueños. Estaré soñando contigo toda la noche, una semana entera, un año entero. Ciertamente vendré aquí mañana, aquí mismo a este lugar, a la misma hora, y seré feliz recordando el día de hoy. Este lugar ya es querido para mí. Ya tengo dos o tres lugares de este tipo en San Petersburgo. Una vez derramé lágrimas por los recuerdos... como tú.... Quién sabe, tal vez estabas llorando hace diez minutos por algún recuerdo... Pero, perdóname, he vuelto a olvidarme de mí mismo; Tal vez alguna vez hayas sido particularmente feliz aquí..."

-Muy bien -dijo la muchacha-, quizá venga aquí también mañana, a las diez. Veo que no puedo prohibirte... El hecho es que tengo que estar aquí; no pienses que estoy concertando una cita contigo; Te digo de antemano que tengo que estar aquí por mi propia cuenta. Pero... bueno, te lo digo directamente, no me importa si vienes. Para empezar, puede suceder algo desagradable como ha ocurrido hoy, pero no importa eso... En resumen, simplemente me gustaría verle... para decirte dos palabras. ¡Solo que, ojo, no debes pensar lo peor de mí ahora! No creas que hago citas tan a la ligera.... No debería hacerlo, excepto eso... ¡Pero que ese sea mi secreto! Solo un pacto de antemano...".

"¡Un compacto! Habla, dime, cuéntame todo de antemano; Estoy de acuerdo con cualquier cosa, estoy listo para cualquier cosa", exclamé encantada. "Respondo por mí mismo, seré obediente, respetuoso... Tú me conoces...".

-Es precisamente porque te conozco que te pido que vengas mañana -dijo la muchacha riendo-. "Te conozco perfectamente. Pero ten en cuenta que vendrás con la condición, en primer lugar (solo sé bueno, haz lo que te pido, ya ves, hablo francamente), no te enamorarás de mí... Eso es imposible, te lo aseguro. Estoy listo para la amistad; aquí está mi mano.... ¡Pero no debes enamorarte de mí, te lo ruego!

—Lo juro —exclamé, agarrándole la mano—.

"Silencio, no jures, sé que estás listo para estallar como la pólvora. No pienses mal de mí por decirlo. Si tan solo supieras... Yo tampoco tengo a nadie a quien pueda decir una palabra, a quien pueda pedirle consejo. Por supuesto, uno no busca un asesor en la calle; Pero tú eres una excepción. Te conozco como si fuéramos amigos desde hace veinte años... No me engañarás, ¿verdad?...

"Ya verás... lo único es que no sé cómo voy a sobrevivir las próximas veinticuatro horas".

"Duerme profundamente. Buenas noches, y recuerda que ya he confiado en ti. Pero usted exclamó tan amablemente hace un momento: '¡Ciertamente uno no puede ser considerado responsable de todos los sentimientos, incluso de la simpatía fraternal!' ¿Sabe usted que fue dicho tan amablemente, que se me ocurrió la idea de poder confiar en usted?

"Por el amor de Dios; ¿Pero sobre qué? ¿Qué es?"

Espera hasta mañana. Mientras tanto, que eso sea un secreto. Tanto mejor para ti; Le dará un leve sabor a romance. Tal vez te lo diga mañana, y tal vez no... Te hablaré un poco más de antemano; nos conoceremos mejor...".

—¡Oh, sí, mañana te contaré todo sobre mí! Pero, ¿qué ha pasado? Es como si me hubiera ocurrido un milagro... Dios mío, ¿dónde estoy? Vamos, dime, ¿no te alegras de no haberte enfadado y de no haberme ahuyentado en el primer momento, como habría hecho cualquier otra mujer? En dos minutos me has hecho feliz para siempre. Sí, felices; Quién sabe, tal vez, me hayas reconciliado conmigo mismo, hayas resuelto mis dudas... Tal vez esos momentos me sobrevengan... Pero allí te lo contaré todo mañana, lo sabrás todo, todo...

—Muy bien, consiento; tú comenzarás...".

—De acuerdo.

—¡Adiós hasta mañana!

—¡Hasta mañana!

Y nos separamos. Caminé toda la noche; No podía decidirme a volver a casa. Estaba tan feliz.... ¡Mañana!

SEGUNDA NOCHE

—¡Bueno, así que has sobrevivido! —dijo, apretando mis dos manos—.

"He estado aquí durante las últimas dos horas; no sabes en qué estado he estado todo el día".

"Lo sé, lo sé. Pero a los negocios. ¿Sabes por qué he venido? No decir tonterías, como hice ayer. Les digo una cosa, debemos comportarnos con más sensatez en el futuro. Pensé mucho en ello anoche.

¿De qué manera, en qué debemos ser más sensatos? Estoy listo para mi parte; Pero, en realidad, no me ha sucedido nada más sensato en mi vida que esto, ahora.

"¿En serio? En primer lugar, te ruego que no me aprietes tanto las manos; en segundo lugar, debo decirte que hoy he pasado mucho tiempo pensando en ti y sintiéndome dubitativo.

—¿Y cómo terminó?

"¿Cómo terminó? El resultado de esto es que debemos comenzar de nuevo, porque la conclusión a la que llegué hoy fue que no te conozco en absoluto; que anoche me comporté como un bebé, como una niña pequeña; y, por supuesto, el hecho es que es mi corazón blando el culpable, es decir, canté mis propias alabanzas, como siempre se hace al final cuando se analiza la propia conducta. Y por lo tanto, para corregir mi error, he tomado la decisión de averiguar todo sobre ti minuciosamente. Pero como no tengo a nadie de quien pueda averiguar nada, debes contármelo todo tú mismo. Bueno, ¿qué clase de hombre eres tú? Ven, date prisa, comienza, cuéntame toda tu historia.

—¡Mi historia! Lloré alarmado. "¡Mi historia! Pero, ¿quién te ha dicho que tengo una historia? No tengo antecedentes...".

—Entonces, ¿cómo has vivido, si no tienes historia? —interrumpió ella, riendo.

"¡Absolutamente sin ninguna historia! He vivido, como dicen, manteniéndome solo, es decir, completamente solo, completamente solo. ¿Sabes lo que significa estar solo?

—¿Pero cómo solo? ¿Quieres decir que nunca has visto a nadie?

"Oh no, veo gente, por supuesto; pero aún así estoy solo".

—¿Por qué nunca hablas con nadie?

"Estrictamente hablando, con nadie".

—¿Quién eres tú, entonces? ¡Explícate! Quédate, supongo: lo más probable es que, como yo, tengas una abuela. Es ciega y nunca me deja ir a ninguna parte, de modo que casi he olvidado cómo hablar; y cuando hace dos años hice algunas bromas, y vio que no había quien me detuviera, me llamó y sujetó mi vestido al suyo, y desde entonces nos sentamos así durante días juntos; ella teje una media, aunque es ciega, y yo me siento a su lado, coso o le leo en voz alta, es una costumbre tan rara, aquí desde hace dos años estoy clavada a ella...".

—¡Dios mío! ¡Qué miseria! Pero no, no tengo una abuela así".

"Bueno, si no lo has hecho, ¿por qué te sientas en casa?..."

"Escucha, ¿quieres saber la clase de hombre que soy?"

"¡Sí, sí!"

—¿En el sentido estricto de la palabra?

"En el sentido más estricto de la palabra".

"¡Muy bien, soy un tipo!"

"¡Tipo, tipo! ¿Qué clase de tipo? -exclamó la muchacha, riendo, como si no hubiera tenido la oportunidad de reír en todo un año. "Sí, es muy divertido hablar contigo. Mira, aquí hay un asiento, sentémonos. Nadie pasa por aquí, nadie nos escuchará, y comienza tu historia. Porque no es bueno que me lo digas, sé que tienes una historia; solo tú lo estás ocultando. Para empezar, ¿qué es un tipo?

"¿Un tipo? ¡Un tipo es un original, es una persona absurda!" —dije, contagiado por su risa infantil. "Es un personaje. Escuchar; ¿Sabes lo que se entiende por soñador?

"¡Un soñador! De hecho, creo que lo sé. Yo mismo soy un soñador. A veces, mientras me siento junto a la abuela, se me ocurren todo tipo de cosas. ¿Por qué, cuando uno empieza a soñar, deja que su fantasía se escape con uno?, ¿por qué, me caso con un príncipe chino... ¡Aunque a veces es bueno soñar! Pero, ¡Dios sabe! Sobre todo cuando uno tiene algo en qué pensar aparte de los sueños -añadió la muchacha, esta vez bastante seria-.

"¡Excelente! Si has estado casada con un emperador chino, me entenderás perfectamente. Ven, escucha... Pero un minuto, todavía no sé tu nombre".

"¡Por fin! ¡No has tenido prisa por pensar en ello!"

—¡Oh, Dios mío! Nunca se me pasó por la cabeza, me sentí muy feliz tal y como era...".

"Mi nombre es Nastenka."

"¡Nastenka! ¿Y nada más?

"¡Nada más! ¿Por qué, no es eso suficiente para ti, persona insaciable?"

"¿No es suficiente? Al contrario, es mucho, mucho, Nastenka; Eres una niña amable, si eres Nastenka para mí desde el principio.

—¡Muy bien! ¿Y bien?

—Bueno, escucha, Nastenka, ahora esta absurda historia.

Me senté a su lado, adopté una actitud pedantemente seria y comencé como si leyera un manuscrito:

—Hay, Nastenka, aunque no lo sepas, rincones extraños en San Petersburgo. Parece como si el mismo sol que brilla para todos los habitantes de San Petersburgo no se asomara a esos lugares, sino a otro nuevo diferente, hecho a medida expresamente para esos rincones, y arrojara una luz diferente sobre todo. En estos rincones, querida Nastenka, se vive una vida completamente diferente, muy diferente de la vida que está surgiendo a nuestro alrededor, pero tal vez la que existe en algún reino desconocido, no entre nosotros en nuestro tiempo serio, demasiado serio. Pues bien, que la vida es una mezcla de algo puramente fantástico, fervientemente ideal, con algo (¡ay! Nastenka) lúgubremente prosaico y ordinario, por no decir increíblemente vulgar".

"¡Foo! ¡Dios mío! ¡Qué prefacio! ¿Qué es lo que oigo?

—Escucha, Nastenka. (Me parece que nunca me cansaré de llamarte Nastenka.) Déjame decirte que en estos rincones viven personas extrañas, soñadores. El soñador, si se quiere una definición exacta, no es un ser humano, sino una criatura de tipo intermedio. La mayor parte del tiempo se instala en algún rincón inaccesible, como si se escondiera de la luz del día; Una vez que se desliza en su rincón, crece hacia él como un caracol, o, en todo caso, se parece mucho a esa criatura extraordinaria, que es un animal y una casa a la vez, y se llama tortuga. ¿Por qué crees que le gustan tanto sus cuatro paredes, que invariablemente están pintadas de verde, sucias, lúgubres y que apestan imperdonablemente a humo de tabaco? ¿Por qué es que cuando este absurdo caballero es visitado por uno de sus pocos conocidos (y termina por deshacerse de todos sus amigos), este absurdo personaje lo recibe con tanta vergüenza, cambiando de semblante y abrumado por la confusión, como si acabara de cometer algún crimen dentro de sus cuatro paredes; ¿Como si hubiera estado falsificando billetes, o como si estuviera escribiendo versos para enviarlos a una revista con una carta anónima, en la que afirma que el verdadero poeta ha muerto, y que su amigo cree que es su deber sagrado publicar sus cosas? ¿Por qué, dime, Nastenka, por qué no es fácil la conversación entre los dos amigos? ¿Por qué no hay risa? ¿Por qué no sale de la boca del perplejo recién llegado una palabra vivaz, que en otras ocasiones puede ser muy aficionado a la risa, a las palabras animadas, a la conversación sobre el bello sexo y a otros temas alegres? ¿Y por qué este amigo, probablemente un nuevo amigo y en su primera visita —porque apenas habrá una segunda, y el amigo no volverá nunca más—, ¿por qué el amigo mismo está tan confundido, tan trabado, a pesar de su ingenio (si es que lo tiene), mientras mira el rostro abatido de su anfitrión, ¿Quién, a su vez, se siente completamente desamparado y desbocado después de gigantescos pero infructuosos esfuerzos para suavizar las cosas y animar la conversación, para mostrar su conocimiento de la sociedad educada, para hablar también del bello sexo y, con tan humilde esfuerzo, complacer al pobre hombre, que como pez fuera del agua ha venido a visitarlo por error? ¿Por qué el caballero, recordando de repente un asunto muy necesario que nunca existió, se apodera de repente de su sombrero y se aleja apresuradamente, arrebatando su mano de la cálida mano de su anfitrión, que estaba haciendo todo lo posible por mostrar su arrepentimiento y recuperar la posición perdida? ¿Por qué se ríe el amigo al salir por la puerta y jura no volver a ver nunca más a esta extraña criatura, aunque la extraña criatura es realmente un buen tipo, y al mismo tiempo no puede negar a su imaginación la pequeña distracción de comparar el semblante del extraño hombre durante su conversación con la expresión de un gatito infeliz capturado a traición? Toscamente tratado, asustado y sometido a toda clase de indignidades por los niños, hasta que, completamente cabizbajo, se esconde de ellos debajo de una silla en la oscuridad, y tiene que erizarse, escupir y lavarse la cara insultada con ambas patas, y mucho después mirar con rabia la vida y la naturaleza, e incluso los pedazos que la compasiva ama de llaves guardó de la cena del amo para él.

—Escucha —interrumpió Nastenka, que me había escuchado todo el tiempo con asombro, abriendo los ojos y la boquita—. "Escucha; No sé en lo más mínimo por qué sucedió y por qué me haces preguntas tan absurdas; lo único que sé es que esta aventura debe haberte sucedido palabra por palabra.

—Sin duda —respondí con el rostro más serio—.

—Bueno, ya que no hay duda de ello, sigue adelante —dijo Nastenka—, porque tengo muchas ganas de saber cómo terminará.

—¿Quieres saber, Nastenka, qué hizo nuestro héroe, es decir, yo, porque el héroe de todo el asunto era mi humilde persona, en su rincón? ¿Quieres saber por qué perdí la cabeza y estuve molesto todo el día por la visita inesperada de un amigo? ¿Quieres saber por qué me sobresalté tanto, por qué me sonrojé cuando se abrió la puerta de mi habitación, por qué no pude entretener a mi visitante y por qué me sentí aplastado bajo el peso de mi propia hospitalidad?

—Vaya, sí, sí —respondió Nastenka—, de eso se trata. Escuchar. Lo describe todo espléndidamente, pero ¿no podría describirlo un poco menos espléndido? Hablas como si estuvieras leyendo un libro".

—Nastenka —respondí con voz severa y digna, casi sin poder contener la risa—, querida Nastenka, sé que describo espléndidamente, pero, disculpe, no sé de qué otra manera hacerlo. En este momento, querida Nastenka, en este momento soy como el espíritu del rey Salomón cuando, después de yacer mil años bajo siete sellos en su urna, esos siete sellos fueron finalmente quitados. En este momento, Nastenka, cuando por fin nos hemos encontrado después de una separación tan larga, porque te conozco desde hace siglos, Nastenka, porque he estado buscando a alguien durante siglos, y eso es una señal de que era a ti a quien estaba buscando, y estaba ordenado que nos encontráramos ahora, en este momento se han abierto mil válvulas en mi cabeza. y debo dejarme fluir en un río de palabras, o me ahogaré. Y por eso te ruego que no me interrumpas, Nastenka, sino que me escuches humilde y obedientemente, o me quedaré callado.

"¡No, no, no! De nada. ¡Sigue! ¡No diré una palabra!"

"Continuaré. Hay, mi amiga Nastenka, una hora en mi día que me gusta mucho. Ésa es la hora en que casi todos los negocios, el trabajo y los deberes han terminado, y todos se apresuran a volver a casa para cenar, acostarse, descansar, y en el camino todos están reflexionando sobre otros temas más alegres relacionados con sus tardes, sus noches y todo el resto de su tiempo libre. A esa hora, nuestro héroe —permítame, Nastenka, que cuente mi historia en tercera persona, porque uno se siente terriblemente avergonzado de contarla en primera persona—, y así, a esa hora, nuestro héroe, que también tenía su trabajo, iba detrás de los demás. Pero una extraña sensación de placer hizo que su rostro pálido, de aspecto más bien arrugado, funcionara. No miraba con indiferencia el resplandor de la tarde que se desvanecía lentamente en el frío cielo de San Petersburgo. Cuando digo que miró, estoy mintiendo: no lo miró, sino que lo vio como si fuera sin darse cuenta, como si estuviera cansado o preocupado por algún otro tema más interesante, de modo que apenas podía dedicar una mirada a nada de lo que le rodeaba. Estaba contento porque hasta el día siguiente había sido liberado de los asuntos que le molestaban, y feliz como un colegial que sale de la clase para sus juegos y travesuras. Échale un vistazo, Nastenka; Verás de inmediato que la emoción gozosa ya ha tenido un efecto en sus débiles nervios y en su fantasía mórbidamente excitada. Ya ves que está pensando en algo... De cena, ¿te imaginas? ¿De la noche? ¿Qué es lo que está mirando así? ¿Es a ese caballero de aspecto digno que se inclina tan pintorescamente ante la dama que pasa en un carruaje tirado por caballos encabritados? No, Nastenka; ¡Qué son todas esas trivialidades para él ahora! Ahora es rico con su *propia vida individual*; de repente se ha hecho rico, y no es en vano que el atardecer que se desvanece arroja sus destellos de despedida tan alegremente ante él, y provoca un enjambre de impresiones de su corazón cálido. Ahora apenas se fija en el camino, en el que en otros momentos le llamarían la atención los más mínimos detalles. Ahora bien, «la Diosa de la Fantasía» (si has leído a Zhukovski, querida Nastenka) ya ha hilado con fantástica mano su urdimbre dorada y ha comenzado a tejer en ella modelos de maravillosa vida mágica, y ¿quién sabe, tal vez, su mano fantástica lo haya llevado al séptimo cielo de cristal, lejos del excelente pavimento de granito sobre el que caminaba su camino? Intenta detenerlo ahora, pregúntale de repente dónde está parado ahora, por qué calles va; probablemente no recordará nada, ni a dónde va ni dónde está parado ahora, y enrojecido por la irritación seguramente dirá alguna mentira para salvar las apariencias. Por eso se sobresalta, casi grita, y mira a su alrededor con horror cuando una respetable anciana lo detiene cortésmente en medio de la acera y le pregunta por el camino. Frunciendo el ceño con irritación, sigue adelante, sin darse cuenta de que más de un transeúnte sonríe y se da la vuelta para mirarle, y que una niña, apartándose de su camino alarmada, se ríe a carcajadas, mirando con los ojos abiertos su amplia sonrisa meditativa y sus gesticulaciones. Pero la fantasía alcanza en su vuelo juguetón a la vieja, a los transeúntes curiosos, al niño risueño y a los campesinos que pasan las noches en sus barcazas en Fontanka (supongamos que nuestro héroe está paseando por la orilla del canal en ese momento), y teje caprichosamente cada uno y todo en el lienzo como una mosca en una tela de araña. Y sólo después de que el extraño hombre ha regresado a su cómoda guarida con provisiones frescas para que su mente trabaje, se ha sentado y ha terminado su cena, vuelve en sí, cuando Matrona, que lo atiende, siempre pensativa y deprimida, recoge la mesa y le da su pipa; Entonces vuelve en sí y recuerda con sorpresa que ha cenado, aunque no tiene la menor idea de cómo ha sucedido. Ha oscurecido en la habitación; su alma está triste y vacía; Todo el reino de las fantasías se desmorona a su alrededor, se cae en pedazos sin dejar rastro, sin hacer ruido, se aleja flotando como un sueño, y él mismo no puede recordar lo que estaba soñando. Pero una vaga sensación agita débilmente su corazón y lo hace doler, algún nuevo deseo le hace cosquillas y excita tentadoramente su fantasía, y evoca imperceptiblemente un enjambre de fantasmas frescos. La quietud reina en la pequeña habitación; la imaginación es fomentada por la soledad y la ociosidad; está humeando débilmente, hirviendo a fuego lento, como el agua con la que la vieja Matrona está preparando su café mientras se mueve tranquilamente por la cocina cercana. Ahora estalla espasmódicamente; Y el libro, recogido sin rumbo y al azar, cae de la mano de mi soñador antes de que llegue a la tercera página. Su imaginación vuelve a agitarse y a trabajar, y de nuevo un nuevo mundo, una nueva vida fascinante se abre ante él. ¡Un nuevo sueño, una nueva felicidad! ¡Una nueva ráfaga de veneno delicado y voluptuoso! ¡Qué es la vida real para él! A sus ojos corrompidos vivimos, tú y yo, Nastenka, tan torpemente, tan lentamente, tan insípidamente; ¡A sus ojos todos estamos tan insatisfechos con nuestro destino, tan agotados por nuestra vida! Y, en verdad, mira cómo a primera vista todo es frío, taciturno, como de mal humor entre nosotros... ¡Pobrecitos! piensa nuestro soñador. ¡Y no es de extrañar que lo piense! Mira estos fantasmas mágicos, que tan encantadoramente, tan caprichosamente, tan descuidadamente y tan libremente se agrupan ante él en un cuadro tan mágico y animado, en el que la figura más prominente en primer plano es, por supuesto, él mismo, nuestro soñador, en su preciosa persona. Mira qué aventuras tan variadas, qué enjambre interminable de sueños extáticos. Te preguntas, tal vez, con qué está soñando. ¿Por qué preguntar eso?, ¿por qué?, de todo... de la suerte del poeta, primero no reconocida, luego coronada de laureles; de amistad con Hoffmann, de la noche de San Bartolomé, de Diana Vernon, de hacerse el héroe en la toma de Kazán por Iván Vasílievich, de Clara Mowbray, de Effie Deans, del consejo de los prelados y de Huss antes que ellos, de la resurrección de los muertos en 'Robert the Devil' (¡recuerdas la música, huele a cementerio!), de Minna y Brenda, de la batalla de Berezina, de la lectura de un poema en casa de la condesa V. D., de Danton, de Cleopatra *ei suoi amanti*, de una casita en Kolomna, de una casita propia y al lado de una criatura querida que te escucha a uno en una noche de invierno, abriendo su boquita y sus ojos como tú me escuchas ahora, ángel mío.... No, Nastenka, ¿qué hay, qué hay para él, voluptuoso perezoso, en esta vida que tú y yo anhelamos tanto? Piensa que esta es una vida pobre y lamentable, sin prever que también para él, tal vez, en algún momento pueda sonar la hora triste, cuando por un día de esa vida lastimosa daría todos sus años de fantasía, y los daría no solo por alegría y felicidad, sino sin preocuparse de hacer distinciones en esa hora de tristeza. remordimiento y dolor descontrolado. Pero hasta ahora esa amenaza no ha llegado: no desea nada, porque es superior a todo deseo, porque lo tiene todo, porque está saciado, porque es el artista de su propia vida, y la crea para sí mismo cada hora para satisfacer su último capricho. ¡Y sabes que este fantástico mundo del país de las hadas se crea tan fácilmente, tan naturalmente! ¡Como si no fuera un engaño! De hecho, está dispuesto a creer en algunos momentos que toda esta vida no está sugerida por el sentimiento, no es un espejismo, no es una ilusión de la imaginación, ¡sino que es concreta, real, sustancial! ¿Por qué, Nastenka, por qué en esos momentos uno contiene la respiración? ¿Por qué, con qué hechicería, con qué capricho incomprensible se acelera el pulso, brota una lágrima de los ojos del soñador, mientras sus mejillas pálidas y húmedas brillan, mientras que todo su ser está impregnado de una inefable sensación de consuelo? ¿Por qué transcurren noches enteras de insomnio como un relámpago de alegría y felicidad inagotables, y cuando el alba brilla rosada en la ventana y el amanecer inunda la habitación sombría con una luz incierta y fantástica, como en San Petersburgo, nuestro soñador, agotado y exhausto, se arroja en su cama y se duerme con estremecimientos de deleite en su espíritu mórbidamente sobreexcitado? ¿Y con un dulce dolor cansado en su corazón? Sí, Nastenka, uno se engaña a sí mismo e inconscientemente cree que la verdadera pasión es agitar el alma; ¡Uno cree inconscientemente que hay algo vivo, tangible en sus sueños inmateriales! ¿Y es un delirio? Aquí el amor, por ejemplo, está ligado a todas sus alegrías insondables, a todas sus agonías torturadoras en su seno. ¡Solo míralo y te convencerás! ¿Creerías, mirándole, querida Nastenka, que nunca ha conocido a la que ama en sus sueños extáticos? ¿Puede ser que solo la haya visto en visiones seductoras, y que esta pasión no haya sido más que un sueño? Seguramente debieron pasar años cogidos de la mano, solos los dos, desechando todo el mundo y uniendo cada uno su vida con la del otro. Seguramente, cuando llegó la hora de la despedida, ella debía de haber yacido sollozando y lamentándose en su seno, sin prestar atención a la tempestad que rugía bajo el cielo sombrío, sin prestar atención al viento que arrebata y se lleva las lágrimas de sus negras pestañas. ¿Pudo haber sido todo eso un sueño, y aquel jardín, abatido, abandonado, desbocado, con sus senderitos cubiertos de musgo, solitario, sombrío, donde solían pasear juntos tan felices, donde esperaban, se afligían, se amaban, se amaban durante tanto tiempo, «tanto tiempo y con tanto cariño»? ¿Y esa extraña casa solariega donde pasó tantos años sola y triste con su viejo marido taciturno, siempre silencioso y espléndido, que los asustaba, mientras tímidos de niños ocultaban su amor el uno al otro? ¡Qué tormentos sufrieron, qué agonías de terror, cuán inocente, cuán puro era su amor, y cuán maliciosas eran (no hace falta decirlo, Nastenka) las personas maliciosas! Y, ¡Dios mío! Seguramente la encontró después, lejos de sus costas natales, bajo cielos extraños, en el caluroso sur en la ciudad divinamente eterna, en el esplendor deslumbrante del baile al estruendo de la música, en un *palacio* (debe ser en un *palacio*), ahogado en un mar de luces, en el balcón, coronado de mirto y rosas, donde, reconociéndole, se quita apresuradamente la máscara y, susurrando: «Soy libre», se arroja temblorosa en sus brazos, y con un grito de éxtasis, aferrándose el uno al otro, en un instante olvidan su tristeza y su despedida y todas sus agonías, y la casa sombría y el viejo y el lúgubre jardín de aquella tierra lejana, y el asiento en el que, con un último beso apasionado, se arrancó de sus brazos, entumecida por la angustia y la desesperación... Oh, Nastenka, debes admitir que uno se sobresalta, traicionaría la confusión y se sonrojaría como un colegial que acaba de meterse en el bolsillo una manzana robada del jardín de un vecino, cuando tu visitante no invitado, un tipo robusto y larguirucho, un alma festiva aficionada a las bromas, abre tu puerta y grita como si nada estuviera pasando: —Mi querido muchacho, en este momento he llegado de Pavlovsk. ¡Dios mío! el viejo conde ha muerto, la felicidad inefable está cerca... ¡y la gente llega de Pavlovsk!

Terminando mi patética súplica, me detuve patéticamente. Recordé que tenía un intenso deseo de obligarme a reír, porque ya sentía que un demonio maligno se agitaba dentro de mí, que tenía un nudo en la garganta, que mi barbilla comenzaba a temblar y que mis ojos se humedecían cada vez más.

Esperaba que Nastenka, que me escuchaba abrir sus ojos inteligentes, prorrumpiera en su risa infantil e incontenible; y ya me lamentaba de haber ido tan lejos, de haber descrito innecesariamente lo que había estado hirviendo a fuego lento en mi corazón, de lo cual podía hablar como de un relato escrito de ello, porque hacía mucho tiempo que me había juzgado a mí mismo y ahora no podía resistirme a leerlo, haciendo mi confesión, sin esperar ser comprendido; Pero para mi sorpresa se quedó callada, esperando un poco, luego me apretó débilmente la mano y con tímida simpatía preguntó:

—¿Seguro que no has vivido así toda tu vida?

—Toda mi vida, Nastenka —respondí—; "toda mi vida, y me parece que seguiré así hasta el fin".

—No, eso no servirá —dijo ella inquieta—, eso no debe ser; y así, tal vez, pasaré toda mi vida al lado de la abuela. ¿Sabes que no es nada bueno vivir así?"

—¡Lo sé, Nastenka, lo sé! Lloré, incapaz de contener mis sentimientos por más tiempo. "¡Y ahora me doy cuenta, más que nunca, de que he perdido todos mis mejores años! Y ahora lo sé y lo siento más dolorosamente al reconocer que Dios me ha enviado a ti, mi ángel bueno, para que me lo digas y lo muestres. Ahora que me siento a tu lado y te hablo, me resulta extraño pensar en el futuro, porque en el futuro vuelve a haber soledad, otra vez esta vida mohosa e inútil; ¡Y qué tendré que soñar cuando he sido tan feliz en realidad a tu lado! ¡Oh, bendita seas, querida muchacha, por no haberme rechazado al principio, por permitirme decir que por lo menos durante dos noches he vivido!

—¡Oh, no, no! —exclamó Nastenka, y las lágrimas brillaron en sus ojos—. —No, ya no debe ser así; ¡No debemos separarnos así! ¿Qué son dos noches?

—¡Oh, Nastenka, Nastenka! ¿Sabes hasta qué punto me has reconciliado conmigo mismo? ¿Sabes ahora que no pensaré tan mal de mí mismo como lo he hecho en algunos momentos? ¿Sabes que, tal vez, dejaré de lamentarme por el crimen y el pecado de mi vida? porque una vida así es un crimen y un pecado. Y no pienses que he exagerado nada, por el amor de Dios, no pienses eso, Nastenka, porque a veces me sobreviene tanta miseria, tanta miseria... Porque en esos momentos me empieza a parecer que soy incapaz de comenzar una vida en la vida real, porque me ha parecido que he perdido todo contacto, todo instinto por lo real, lo real; porque al fin me he maldecido a mí mismo; porque después de mis noches fantásticas tengo momentos de sobriedad que me devuelven, ¡que son horribles! Mientras tanto, escuchas el remolino y el rugido de la multitud en el vórtice de la vida a tu alrededor; Oyes, ves, hombres que viven en la realidad; Ves que la vida para ellos no está prohibida, que su vida no flota como un sueño, como una visión; que su vida está siendo eternamente renovada, eternamente joven, y que ninguna hora de ella es igual a otra; mientras que la fantasía es tan desprovista de espíritu, monótona a la vulgaridad y se asusta fácilmente, esclava de las sombras, de la idea, esclava de la primera nube que envuelve el sol y enturbia de depresión el verdadero corazón de San Petersburgo, tan devoto del sol, ¡y qué es la fantasía en la depresión! Uno siente que esta *fantasía inagotable* se cansa al fin y se agota con el ejercicio continuo, porque uno está creciendo en la edad adulta, superando sus viejos ideales: se están rompiendo en fragmentos, en polvo; si no hay otra vida, uno debe construirla a partir de los fragmentos. ¡Y mientras tanto, el alma anhela y anhela algo más! Y en vano el soñador repasa sus viejos sueños, como si buscara una chispa entre las brasas, para convertirlas en llamas, para calentar su corazón helado por el fuego reavivado, y para despertar en él todo lo que era tan dulce, que tocaba su corazón, que le hacía hervir la sangre, que le arrancaba lágrimas de los ojos, ¡Y tan lujosamente lo engañó! ¿Sabes, Nastenka, el punto al que he llegado? ¿Sabes que ahora me veo obligado a celebrar el aniversario de mis propias sensaciones, el aniversario de lo que una vez fue tan dulce, que nunca existió en la realidad —porque este aniversario se guarda en la memoria de esos mismos sueños tontos y sombríos— y hacerlo porque esos sueños tontos ya no existen, porque no tengo con qué ganarlos; ¡Sabes que incluso los sueños no vienen en vano! ¿Sabes que ahora me encanta recordar y visitar en determinadas fechas los lugares donde una vez fui feliz a mi manera? Me encanta construir mi presente en armonía con el pasado irrevocable, y a menudo deambulo como una sombra, sin rumbo, triste y abatido, por las calles y callejuelas torcidas de San Petersburgo. ¡Qué recuerdos son! Recordar, por ejemplo, que aquí hace justo un año, justo a esta hora, a esta hora, en esta acera, vagaba tan solo, tan abatido como hoy. Y uno recuerda que entonces los sueños de uno eran tristes, y aunque el pasado no era mejor, uno siente que de alguna manera había sido mejor, y que la vida era más pacífica, que uno estaba libre de los pensamientos negros que ahora lo persiguen; Aquel estaba libre del roer de la conciencia, del roer sombrío y hosco que ahora no me da descanso ni de día ni de noche. Y uno se pregunta dónde están sus sueños. Y uno sacude la cabeza y dice ¡qué rápido pasan los años! Y de nuevo uno se pregunta qué ha hecho con sus años. ¿Dónde has enterrado tus mejores días? ¿Has vivido o no? Mira, uno se dice a sí mismo, mira cómo se está enfriando el mundo. Pasarán algunos años más, y tras ellos vendrá la sombría soledad; Luego vendrá la vejez temblando en su muleta, y tras ella la miseria y la desolación. Tu mundo fantástico palidecerá, tus sueños se desvanecerán y morirán y caerán como las hojas amarillas de los árboles... ¡Oh, Nastenka! Sabes que será triste quedarte solo, completamente solo, y no tener ni siquiera nada de qué arrepentirte, nada, absolutamente nada... ¡Por todo lo que has perdido, por todo eso, por todo lo que no era nada, por la estúpida y simple nulidad, no ha habido más que sueños!

—Vamos, no trabajes más en mis sentimientos —dijo Nastenka, enjugándose una lágrima que le caía por la mejilla—. "¡Ahora se acabó! Ahora seremos dos juntos. Ahora, pase lo que pase, nunca nos separaremos. Soy una chica sencilla, no he tenido mucha educación, aunque la abuela me consiguió una maestra, pero realmente te entiendo, por todo lo que has descrito he pasado yo misma, cuando la abuela me sujetó a su vestido. Por supuesto, no debería haberlo descrito tan bien como usted lo ha hecho; Yo no soy educada -añadió tímidamente, pues todavía sentía una especie de respeto por mi patética elocuencia y mi elevado estilo-; Pero me alegro mucho de que hayas sido muy abierto conmigo. Ahora los conozco a fondo, a todos ustedes. ¿Y sabes qué? Yo también quiero contarte mi historia, todo sin ocultarlo, y después de eso debes darme consejos. Eres un hombre muy inteligente; ¿Me prometes darme consejos?

—¡Ah, Nastenka —exclamé—, aunque nunca he dado consejos, y mucho menos consejos, ahora veo que si seguimos siempre así, será muy sensato, y que cada uno de nosotros dará al otro muchos consejos sensatos. Bueno, mi linda Nastenka, ¿qué consejo quieres? Díganme francamente; en este momento estoy tan alegre y feliz, tan audaz y sensato, que no me será difícil encontrar palabras".

"¡No, no!" —interrumpió Nastenka, riendo—. "No solo quiero consejos sensatos, quiero consejos cálidos y fraternales, ¡como si me hubieras amado toda tu vida!"

"¡De acuerdo, Nastenka, de acuerdo!" Lloré encantado; Y si te hubiera amado durante veinte años, no podría haberte amado más de lo que lo estoy ahora.

—Tu mano —dijo Nastenka—.

—Aquí está —dije, dándole la mano—.

—¡Y así comencemos mi historia!

Historia de Nastenka

—La mitad de mi historia ya la conoces, es decir, sabes que tengo una abuela anciana...

"Si la otra mitad es tan breve como esa..." —interrumpí, riendo—.

"Quédate callado y escucha. En primer lugar, debes acordar no interrumpirme, o de lo contrario, ¡tal vez me meta en un lío! Ven, escucha en silencio.

"Tengo una abuela anciana. Llegué a sus manos cuando era una niña, porque mi padre y mi madre han muerto. Hay que suponer que la abuela fue una vez más rica, porque ahora recuerda días mejores. Ella me enseñó francés y luego me consiguió un maestro. Cuando yo tenía quince años (y ahora tengo diecisiete) dejamos de tomar clases. Fue en ese momento cuando me metí en travesuras; lo que hice no te lo diré; Baste decir que no era muy importante. Pero la abuela me llamó una mañana y me dijo que, como era ciega, no podía cuidarme; Cogió un alfiler y sujetó mi vestido al suyo, y dijo que nos sentaríamos así el resto de nuestras vidas si, por supuesto, no me convertía en una chica mejor. De hecho, al principio era imposible alejarme de ella: tenía que trabajar, leer y estudiar al lado de la abuela. Una vez traté de engañarla y convencí a Fekla para que se sentara en mi lugar. Fekla es nuestra sirvienta, es sorda. Fekla se sentó allí en mi lugar; La abuela estaba dormida en su sillón en ese momento, y yo me fui a ver a una amiga cerca. Bueno, terminó en problemas. La abuela se despertó mientras yo estaba fuera y me hizo algunas preguntas; pensó que yo seguía sentado tranquilamente en mi lugar. Fekla vio que la abuela le preguntaba algo, pero no pudo decir qué era; Se preguntó qué hacer, desabrochó el alfiler y salió corriendo..."

En ese momento, Nastenka se detuvo y comenzó a reír. Me reí con ella. Lo dejó de inmediato.

"Te digo una cosa, no te rías de la abuela. Me río porque es gracioso... Qué puedo hacer, ya que la abuela es así; pero, sin embargo, le tengo cariño en cierto modo. Oh, bueno, lo atrapé esa vez. Tuve que sentarme en mi lugar de inmediato, y después de eso no se me permitió moverme.

"Oh, olvidé decirte que nuestra casa nos pertenece, es decir, a la abuela; es una casita de madera con tres ventanas tan viejas como la propia abuela, con un pequeño piso superior; Pues bien, se instaló en nuestro piso superior un nuevo inquilino.

—Entonces tenías un viejo huésped —observé casualmente—.

—Sí, por supuesto —respondió Nastenka—, y uno que sabía callarse mejor que tú. De hecho, casi nunca usaba la lengua. Era un viejecito mudo, ciego, cojo, seco, de modo que al final no pudo seguir viviendo, murió; Así que tuvimos que buscar un nuevo inquilino, porque no podíamos vivir sin un huésped: el alquiler, junto con la pensión de la abuela, es casi todo lo que tenemos. Pero el nuevo huésped, por suerte, era un hombre joven, un extraño que no era de estas regiones. Como no regateaba el alquiler, la abuela lo aceptó, y sólo después me preguntó: «Dime, Nastenka, ¿cómo es nuestro huésped, si es joven o viejo?» No quería mentir, así que le dije a la abuela que no era exactamente joven y que no era viejo.

—¿Y es de buen aspecto? —preguntó la abuela.

"Una vez más, no quise decir una mentira: 'Sí, es de buen aspecto, abuela', le dije. Y la abuela dijo: '¡Oh, qué molestia, qué molestia! Te digo esto, nieto, para que no lo cuides. ¡Qué horarios son estos! ¿Por qué un huésped miserable como este, y también debe ser de aspecto agradable; ¡Era muy diferente en los viejos tiempos!'"

"La abuela siempre se arrepentía de los viejos tiempos: era más joven en los viejos tiempos, y el sol era más cálido en los viejos tiempos, y la crema no se volvía tan amarga en los viejos tiempos, ¡siempre eran los viejos tiempos! Me quedaba quieta, me callaba y pensaba: ¿por qué me lo sugirió la abuela? ¿Por qué preguntó si el huésped era joven y guapo? Pero eso fue todo, solo lo pensé, comencé a contar mis puntos de nuevo, seguí tejiendo mi media y me olvidé de todo.

—Pues bien, una mañana el huésped vino a vernos; Preguntó acerca de una promesa de empapelar sus habitaciones. Una cosa llevó a la otra. La abuela era locuaz y dijo: "Ve, Nastenka, a mi dormitorio y tráeme mi calculador". Me levanté de un salto; Me sonrojé por completo, no sé por qué, y olvidé que estaba sentada pegada a la abuela; en lugar de desabrochar el alfiler en silencio, para que el huésped no lo viera, salté para que la silla de la abuela se moviera. Cuando vi que el huésped lo sabía todo sobre mí, me sonrojé, me quedé quieto como si me hubieran disparado, y de repente me puse a llorar: ¡me sentí tan avergonzado y miserable en ese momento, que no supe dónde mirar! La abuela me gritó: '¿A qué esperas?', y yo seguí peor que nunca. Cuando el huésped vio, vio que yo me avergonzaba por su causa, hizo una reverencia y se fue de inmediato.

"Después de eso, me sentí a punto de morir al menor ruido en el pasillo. ' Es el huésped', me quedé pensando; Sigilosamente desabroché el alfiler por si acaso. Pero siempre resultó que no era así, nunca llegó. Pasaron quince días; el huésped envió un mensaje a través de Fyokla diciendo que tenía un gran número de libros franceses, y que todos eran buenos libros para que yo pudiera leer, así que ¿no le gustaría a la abuela que los leyera para que no me aburriera? La abuela estuvo de acuerdo con gratitud, pero no dejaba de preguntar si eran libros morales, porque si los libros eran inmorales estaría fuera de discusión, uno aprendería el mal de ellos".

—¿Y qué debo aprender, abuela? ¿Qué hay escrito en ellos?

"'Ah', dijo ella, 'lo que se describe en ellos, es cómo los jóvenes seducen a las muchachas virtuosas; cómo, con la excusa de que quieren casarse con ellas, se las llevan de las casas de sus padres; cómo después dejan a su suerte a estas infelices muchachas, y perecen de la manera más lastimosa. Leo muchos libros -dijo la abuela-, y todo está tan bien descrito que uno se queda despierto toda la noche y los lee a escondidas. Así que ten cuidado de que no los leas, Nastenka -dijo ella-. – ¿Qué libros ha enviado?

—Todas son novelas de Walter Scott, abuela.

"'¡Las novelas de Walter Scott! Pero quédate, ¿no hay algún truco al respecto? Mira, ¿no ha metido una carta de amor entre ellos?

»—No, abuela —le dije—, no hay una carta de amor.

"'Pero mira debajo de la encuadernación; ¡A veces lo meten debajo de las ataduras, los bribones!

—No, abuela, no hay nada debajo de la encuadernación.

"'Bueno, está bien'.

"Así que empezamos a leer a Walter Scott, y en un mes más o menos habíamos leído casi la mitad. Luego nos envió más y más. También nos envió a Pushkin; de modo que, al fin, no pude prescindir de un libro y dejé de soñar con lo hermoso que sería casarme con un príncipe chino.

Así estaban las cosas cuando un día me encontré por casualidad con nuestro huésped en las escaleras. La abuela me había mandado a buscar algo. Se detuvo, yo me sonrojé y él se sonrojó; Sin embargo, se rió, me dio los buenos días, preguntó por la abuela y dijo: «Bueno, ¿has leído los libros?» Le respondí que sí. – ¿Cuál te ha gustado más? -preguntó. Le dije: 'Ivanhoe, y Pushkin es el mejor de todos', y así terminó nuestra charla por ese momento.

"Una semana después me volví a encontrar con él en las escaleras. Esa vez que la abuela no me había enviado, quería conseguir algo para mí. Eran más de las dos, y el huésped solía volver a casa a esa hora. —Buenas tardes —dijo—. Le di también las buenas tardes.

—¿No eres torpe —dijo—, sentado todo el día con tu abuela?

"Cuando me preguntó eso, me sonrojé, no sé por qué; Me sentí avergonzado, y de nuevo me sentí ofendido, supongo que porque otras personas habían empezado a preguntarme sobre eso. Quise irme sin responder, pero no tenía fuerzas.

"'Escucha', me dijo, 'eres una buena chica. Disculpe que le hable así, pero le aseguro que deseo su bienestar tanto como el de su abuela. ¿No tienes amigos a los que puedas ir a visitar?

Le dije que no tenía ninguno, que no había tenido más amiga que Mashenka, y que ella se había ido a Pskov.

"'Escucha', me dijo, '¿te gustaría ir al teatro conmigo?'

"'Al teatro. ¿Y la abuela?

»—Pero tienes que irte sin que tu abuela lo sepa —dijo—.

"'No', le dije, 'no quiero engañar a la abuela. Adiós.

»—Bueno, adiós —contestó, y no dijo nada más—.

"Sólo después de cenar vino a vernos; se sentó mucho tiempo a hablar con la abuela; le preguntó si alguna vez había salido a alguna parte, si tenía conocidos, y de repente dijo: «He tomado un palco en la ópera para esta noche; están dando *El barbero de Sevilla*. Mis amigos tenían la intención de ir, pero luego se negaron, por lo que el boleto se queda en mis manos". -*El barbero de Sevilla* -exclamó la abuela-; —¿Por qué, lo mismo que solían actuar en los viejos tiempos?

»—Sí, es el mismo barbero —dijo, y me miró—. Vi lo que significaba y me puse carmesí, y mi corazón comenzó a palpitar de suspenso.

»—Es cierto que lo sé —dijo la abuela—. ¡Vaya, yo mismo tomé el papel de Rosina en los viejos tiempos, en una función privada!

»—¿Y no te gustaría ir hoy? —dijo el huésped—. O se perderá mi billete.

"'Por supuesto, vámonos', dijo la abuela; ¿Por qué no deberíamos hacerlo? Y mi Nastenka nunca ha ido al teatro.

"¡Dios mío, qué alegría! Nos preparamos de inmediato, nos pusimos nuestras mejores galas y nos pusimos en marcha. Aunque la abuela era ciega, todavía quería escuchar la música; Además, ella es un alma vieja y amable, lo que más le importaba era divertirme, nunca deberíamos habernos ido solos.

-No os diré cuáles fueron mis impresiones del *barbero de Sevilla*; pero durante toda la noche nuestro huésped me miró tan amablemente, me habló tan amablemente, que comprendí en seguida que tenía la intención de hacerme la prueba por la mañana, cuando propuso que yo fuera con él solo. Bueno, ¡era alegría! Me fui a la cama tan orgulloso, tan alegre, mi corazón latía tanto que estaba un poco febril, y toda la noche estuve delirando sobre *El Barbero de Sevilla*.

"Esperaba que viniera a vernos cada vez más a menudo después de eso, pero no fue así en absoluto. Renunció casi por completo a venir. Venía una vez al mes, y entonces solo para invitarnos al teatro. Fuimos dos veces más. Solo que a mí no me gustó en absoluto; Vi que simplemente sentía lástima por mí porque la abuela me trataba tan mal, y eso fue todo. A medida que pasaba el tiempo, me volvía cada vez más inquieto, no podía quedarme quieto, no podía leer, no podía trabajar; a veces me reía y hacía algo para molestar a la abuela, en otro momento lloraba. Al final adelgazé y estuve a punto de enfermar. La temporada de ópera había terminado, y nuestro huésped había renunciado por completo a venir a vernos; Cada vez que nos encontrábamos, siempre en la misma escalera, por supuesto, se inclinaba tan silenciosamente, tan gravemente, como si no quisiera hablar, y bajaba a la puerta principal, mientras yo seguía de pie en medio de la escalera, rojo como una cereza, porque toda la sangre se me subía a la cabeza al verlo.

"Ahora el fin está cerca. Hace justo un año, en mayo, el huésped vino a vernos y le dijo a la abuela que había terminado sus asuntos aquí y que debía volver a Moscú durante un año. Cuando escuché eso, me hundí en una silla medio muerto; La abuela no se dio cuenta de nada; y habiéndonos informado de que nos dejaba, hizo una reverencia y se fue.

"¿Qué iba a hacer? Pensé y pensé y me preocupé y me preocupé, y al final me decidí. Al día siguiente se iba, y yo decidí terminar con todo aquella noche cuando la abuela se fuera a la cama. Y así sucedió. Recogí toda mi ropa en un paquete, todo el lino que necesitaba, y con el paquete en la mano, más muerto que vivo, subí a casa de nuestro huésped. Creo que debí quedarme una hora en la escalera. Cuando abrí la puerta, gritó mientras me miraba. Pensó que yo era un fantasma y se apresuró a darme un poco de agua, porque apenas podía mantenerme en pie. Mi corazón latía tan violentamente que me dolía la cabeza y no sabía lo que estaba haciendo. Cuando me recuperé, empecé por poner mi paquete en su cama, me senté a su lado, escondí mi rostro entre las manos y me eché a llorar. Creo que lo entendió todo de una vez, y me miró con tanta tristeza que se me rompió el corazón.

"'Escucha', comenzó, 'escucha, Nastenka, no puedo hacer nada; Soy un pobre hombre, porque no tengo nada, ni siquiera una litera decente. ¿Cómo podríamos vivir, si me casara contigo?

"Hablamos mucho tiempo; pero al final me puse nervioso, le dije que no podía seguir viviendo con la abuela, que debía huir de ella, que no quería estar atrapado en ella, y que iría a Moscú si él quería, porque no podía vivir sin él. La vergüenza, el orgullo y el amor clamaban en mí a la vez, y caí en la cama casi en convulsiones, tenía tanto miedo de un rechazo.

"Se sentó unos minutos en silencio, luego se levantó, se acercó a mí y me tomó de la mano.

"'Escucha, mi querida y buena Nastenka, escucha; Te juro que si alguna vez estoy en condiciones de casarme, harás mi felicidad. Te aseguro que ahora eres el único que podría hacerme feliz. Escucha, voy a Moscú y estaré allí sólo un año; Espero establecer mi posición. Cuando regrese, si todavía me amas, te juro que seremos felices. Ahora es imposible, no puedo, no tengo derecho a prometer nada. Bueno, repito, si no es dentro de un año seguramente será algún tiempo; eso es, por supuesto, si no prefieres a nadie más, porque no puedo ni me atrevo a obligarte con ningún tipo de promesa.

"Eso fue lo que me dijo, y al día siguiente se fue. Acordamos juntos no decirle una palabra a la abuela: ese era su deseo. Bueno, mi historia está casi terminada ahora. Apenas ha pasado un año. Ha llegado; Ha estado aquí tres días, y, y

—¿Y qué? —exclamé, impaciente por oír el final—.

-¡Y hasta ahora no se ha mostrado! -respondió Nastenka, como si se desvaliera de todo su valor-. "No hay rastro ni sonido de él".

Aquí se detuvo, se detuvo un minuto, inclinó la cabeza y, cubriéndose la cara con las manos, rompió en tales sollozos que me provocó una punzada en el corazón al escucharlos. No esperaba en lo más mínimo semejante *desenlace*.

—Nastenka —comencé tímidamente con voz condescendiente—, ¡Nastenka! ¡Por el amor de Dios, no llores! ¿Cómo lo sabes? Tal vez aún no esté aquí...".

—Lo es, lo es —repetía Nastenka—. "Él está aquí, y yo lo sé. Aquella noche, antes de que se fuera, llegamos a un acuerdo: cuando dijimos todo lo que te he dicho, y llegamos a un entendimiento, salimos aquí a dar un paseo por este terraplén. Eran las diez; Nos sentamos en este asiento. Yo no estaba llorando entonces; Fue dulce para mí escuchar lo que dijo... Y me dijo que vendría a vernos en cuanto llegara, y que si yo no lo rechazaba, entonces se lo contaríamos a la abuela. ¡Ahora está aquí, lo sé, y sin embargo no viene!"

Y de nuevo rompió a llorar.

"Dios mío, ¿no puedo hacer nada para ayudarte en tu dolor?" —exclamé, levantándome del asiento con total desesperación—. —Dime, Nastenka, ¿no sería posible que yo fuera a verlo?

—¿Sería eso posible? —preguntó de repente, levantando la cabeza.

—No, por supuesto que no —dije levantándome—; "pero te digo una cosa, escribe una carta".

—No, eso es imposible, no puedo hacer eso —respondió ella con decisión, inclinando la cabeza y sin mirarme.

—¿Qué imposible, por qué es imposible? Seguí adelante, aferrándome a mi idea. —Pero, Nastenka, depende de qué tipo de carta; Hay cartas y cartas y.... Ah, Nastenka, tengo razón; confía en mí, confía en mí, no te daré malos consejos. ¡Todo se puede arreglar! Tú diste el primer paso, ¿por qué no ahora?

"No puedo. ¡No puedo! Parecería como si me estuviera forzando sobre él...".

—Ah, mi buena Nastenka —dije, apenas capaz de ocultar una sonrisa—; "No, no, tienes derecho a hacerlo, de hecho, porque él te hizo una promesa. Además, por todo se ve que es un hombre de delicados sentimientos; que se portó muy bien —proseguí, cada vez más dejándome llevar por la lógica de mis propios argumentos y convicciones—. "¿Cómo se comportó? Se comprometió con una promesa: dijo que si se casaba, no se casaría con nadie más que contigo; Te dio plena libertad para rechazarlo de inmediato... En tales circunstancias, puede dar el primer paso; Usted tiene el derecho; Estás en una posición privilegiada si, por ejemplo, quisieras liberarlo de su promesa..."

"Escucha; ¿Cómo escribirías?

—¿Escribir qué?

– Esta carta.

"Le cuento cómo escribiría: 'Estimado señor'..."

—¿De verdad tengo que empezar así, «querido señor»?

—¡Claro que sí! Aunque, después de todo, no lo sé, me imagino...

"Bueno, bueno, ¿y ahora qué?"

»—Querido señor, debo disculparme por... —Pero no, no hay necesidad de disculparse; El hecho mismo lo justifica todo. Escribe simplemente:

"'Le escribo a usted. Perdóname mi impaciencia; pero he sido feliz durante todo un año en la esperanza; ¿Soy yo el culpable de ser incapaz de soportar un día de duda ahora? Ahora que has venido, tal vez hayas cambiado de opinión. Si es así, esta carta es para decirte que no me lamento, ni te culpo. No te culpo porque no tengo poder sobre tu corazón, ¡ese es mi destino!

"'Es usted un hombre honorable. No sonreirás ni te sentirás molesto por estas líneas impacientes. Recuerden que están escritas por una pobre muchacha; que está sola; que no tiene a nadie que la dirija, a nadie que la aconseje, y que ella misma nunca pudo controlar su corazón. Pero perdóname que una duda se haya colado, aunque sólo sea por un instante, en mi corazón. No eres capaz de insultar, ni siquiera de pensamiento, a la que tanto te amó y tanto te ama'".

—Sí, sí; ¡Eso es exactamente lo que estaba pensando! -exclamó Nastenka, y sus ojos brillaron de alegría-. "¡Oh, has resuelto mis dificultades: Dios te ha enviado a mí! ¡Gracias, gracias!"

"¿Para qué? ¿Para qué? ¿Porque Dios me ha enviado? Le respondí, mirando encantado su carita alegre. —Pues sí; para eso también".

—¡Ah, Nastenka! Pues, uno agradece a algunas personas por estar vivas al mismo tiempo que uno; ¡Te agradezco por haberme conocido, por haber podido recordarte toda mi vida!"

"¡Bueno, basta, basta! Pero ahora te digo una cosa, escucha: acordamos entonces que en cuanto llegara me lo comunicaría, dejando una carta a algunas buenas y sencillas personas que conozco y que no saben nada de ella; O, si fuera imposible escribirme una carta, porque una carta no siempre lo dice todo, estaría aquí a las diez del día en que llegara, donde habíamos acordado encontrarnos. Sé que ya ha llegado; Pero ahora es el tercer día, y no hay rastro de él ni carta. Es imposible para mí alejarme de la abuela por la mañana. Entrega mi carta mañana a esa gente amable de la que te he hablado: se la enviarán, y si hay una respuesta, la traes mañana a las diez.

—¡Pero la carta, la carta! Verás, ¡primero debes escribir la carta! De modo que tal vez todo tenga que ser pasado mañana.

"La carta..." dijo Nastenka, un poco confundido, "la carta... pero...".

Pero no terminó. Al principio apartó de mí su carita, enrojecida como una rosa, y de repente sentí en mi mano una carta que evidentemente había sido escrita mucho antes, toda lista y sellada. Una reminiscencia familiar, dulce y encantadora flotó en mi mente.

"R, o—Ro; S, I—Si; n, a—na —comencé—.

"¡Rosina!", tarareamos los dos; Casi la abracé con deleite, mientras ella se sonrojaba como sólo ella podía sonrojarse, y reía a través de las lágrimas que brillaban como perlas en sus pestañas negras.

"¡Vamos, basta, basta! Adiós —dijo ella, hablando rápidamente—. "Aquí está la carta, aquí está la dirección a la que debes llevarla. ¡Adiós, hasta que nos volvamos a encontrar! ¡Hasta mañana!

Me apretó las dos manos cálidamente, asintió con la cabeza y voló como una flecha por su calle lateral. Me quedé quieto durante mucho tiempo siguiéndola con la mirada.

—¡Hasta mañana! ¡Hasta mañana!", resonaba en mis oídos mientras desaparecía de mi vista.

TERCERA NOCHE

Hoy era un día sombrío y lluvioso, sin un rayo de sol, como la vejez que tenía ante mí. Estoy oprimido por pensamientos tan extraños, sensaciones tan sombrías; Cuestiones todavía tan oscuras para mí se agolpan en mi cerebro, y parece que no tengo ni el poder ni la voluntad de resolverlas. ¡No me corresponde a mí resolver todo esto!

Hoy no nos encontraremos. Ayer, cuando nos despedimos, las nubes comenzaron a acumularse sobre el cielo y se levantó una niebla. Le dije que mañana sería un mal día; Ella no respondió, no quiso hablar en contra de sus deseos; Para ella aquel día era claro y luminoso, y ni una sola nube debía oscurecer su felicidad.

—Si llueve no nos veremos —dijo ella—, yo no iré.

Pensé que no se daría cuenta de que hoy iba a llover, y sin embargo no ha venido.

Ayer fue nuestra tercera entrevista, nuestra tercera noche en blanco...

¡Pero cuán finos son el gozo y la felicidad que hacen a cualquiera! ¡Qué rebosante de amor está el corazón! Uno parece anhelar derramar todo su corazón; Uno quiere que todo sea gay, que todo sea reír. ¡Y qué contagiosa es esa alegría! Había tal suavidad en sus palabras, un sentimiento tan amable en su corazón hacia mí ayer... ¡Qué solícita y amable era! ¡Con cuánta ternura trató de darme valor! ¡Oh, la coquetería de la felicidad! Mientras que yo ... Lo tomé todo por algo genuino, pensé que ella...

Pero, Dios mío, ¿cómo podría haberlo pensado? ¿Cómo podía estar tan ciego, cuando todo ya había sido tomado por otro, cuando nada era mío; cuando, de hecho, su misma ternura hacia mí, su ansiedad, su amor... Sí, el amor por mí no era otra cosa que la alegría de ver a otro hombre tan pronto, el deseo de incluirme también a mí en su felicidad?... Cuando él no llegaba, cuando esperábamos en vano, ella fruncía el ceño, se volvía tímida y desanimada. Sus movimientos, sus palabras, ya no eran tan ligeros, tan juguetones, tan alegres; Y, por extraño que parezca, redobló su atención hacia mí, como si instintivamente deseara prodigarme lo que deseaba para sí misma con tanta ansiedad, si sus deseos no se cumplían. Mi Nastenka estaba tan abatida, tan consternada, que creo que al final se dio cuenta de que yo la amaba, y lamentó mi pobre amor. Así, cuando somos infelices, sentimos más la infelicidad de los demás; El sentimiento no se destruye, sino que se concentra...

Fui a su encuentro con el corazón lleno, y era todo impaciencia. No tenía el presentimiento de que me sentiría como me siento ahora, de que no todo terminaría felizmente. Estaba radiante de placer; Esperaba una respuesta. La respuesta fue él mismo. Él tenía que venir, correr a su llamado. Llegó una hora antes que yo. Al principio se reía de todo, se reía de cada palabra que decía. Empecé a hablar, pero volví a caer en el silencio.

—¿Sabes por qué estoy tan contenta —dijo—, tan contenta de mirarte?, ¿por qué me gustas tanto hoy?

—¿Y bien? —pregunté, y mi corazón comenzó a palpitar.

"Me gustas porque no te has enamorado de mí. ¡Sabes que algunos hombres en tu lugar me habrían estado molestando y preocupando, habrían estado suspirando y miserables, mientras que tú eres tan amable!

Luego me retorció la mano tan fuerte que casi grité. Ella se echó a reír.

—¡Dios mío, qué amiga eres! —empezó a decir con gravedad, un minuto después—. "Dios te envió a mí. ¿Qué me habría pasado si no hubieras estado conmigo ahora? ¡Qué desinteresado estás! ¡Cuán verdaderamente te preocupas por mí! Cuando esté casado seremos grandes amigos, más que hermano y hermana; Me preocuparé casi como lo hago por él...

Me sentí terriblemente triste en ese momento, pero algo parecido a una risa se agitaba en mi alma.

—Está usted muy molesto —dije—; "Estás asustado; Crees que no vendrá".

"¡Oh, Dios mío!", respondió ella; "Si yo fuera menos feliz, creo que lloraría por tu falta de fe, por tus reproches. Sin embargo, me has hecho pensar y me has dado mucho que pensar; pero lo pensaré más tarde, y ahora admitiré que tienes razón. Sí, de alguna manera no soy yo mismo; Soy todo suspenso, y siento todo, por así decirlo, demasiado ligero. ¡Pero silencio! Basta de sentimientos...".

En ese momento oímos pasos, y en la oscuridad vimos una figura que venía hacia nosotros. Los dos empezamos; Estuvo a punto de gritar; Solté su mano e hice un movimiento como para alejarme. Pero nos equivocamos, no era él.

"¿De qué tienes miedo? ¿Por qué me soltaste la mano?", dijo, dármela de nuevo. "Ven, ¿qué es? Nos encontraremos con él juntos; Quiero que vea cuánto nos queremos el uno al otro".

"¡Qué cariño nos tenemos el uno al otro!" Lloré. («¡Oh, Nastenka, Nastenka!», pensé, «¡cuánto me has dicho con ese dicho! Tal cariño en *ciertos* momentos hace que el corazón se enfríe y el alma se pese. Tu mano está fría, la mía arde como el fuego. ¡Qué ciega estás, Nastenka... ¡Oh, qué insoportable es a veces una persona feliz! ¡Pero no podía estar enojado contigo!")

Al final mi corazón estaba demasiado lleno.

—¡Escucha, Nastenka! Lloré. —¿Sabes cómo me ha ido todo el día?

"¿Por qué, cómo, cómo? ¡Dímelo rápido! ¿Por qué no has dicho nada en todo este tiempo?

"Para empezar, Nastenka, cuando hube cumplido con todos tus encargos, entregada la carta, fui a ver a tus buenos amigos, luego... luego me fui a casa y me fui a la cama".

"¿Eso es todo?", interrumpió ella, riendo.

—Sí, casi todos —respondí conteniéndome, porque ya empezaban a brotar de mis ojos lágrimas insensatas—. Me desperté una hora antes de nuestra cita y, sin embargo, por así decirlo, no me había dormido. No sé qué me pasó. Vine a contártelo todo, sintiendo como si el tiempo se detuviera, sintiendo como si una sensación, un sentimiento, permaneciera conmigo desde ese momento para siempre; Sintiendo como si un minuto tuviera que durar toda la eternidad, y como si toda la vida se hubiera detenido para mí... Cuando desperté, me pareció como si algún motivo musical que me era familiar desde hacía mucho tiempo, que se había oído en algún lugar del pasado, olvidado y voluptuosamente dulce, hubiera vuelto a mí. Me parecía que había estado clamando en mi corazón toda mi vida, y solo ahora..."

—Oh, Dios mío, Dios mío —interrumpió Nastenka—, ¿qué significa todo eso? No entiendo ni una palabra".

—Ah, Nastenka, de alguna manera quería transmitirte esa extraña impresión... —empecé con una voz quejumbrosa, en la que todavía se escondía una esperanza, aunque muy débil.

—¡Déjalo, silencio! —dijo ella, y en un instante el astuto gato lo había adivinado.

De repente se volvió extraordinariamente habladora, alegre, traviesa; me tomó del brazo, se rió, quería que yo también me riera, y cada palabra confusa que pronunciaba evocaba su prolongada risa resonante... Comencé a sentirme enojado, de repente había comenzado a coquetear.

—¿Sabes —empezó ella— que me siento un poco molesta de que no estés enamorado de mí? ¡No se entiende la naturaleza humana! Pero, de todos modos, señor Inaccesible, no puede usted culparme por ser tan sencillo; Te lo cuento todo, todo, cualquier pensamiento tonto que se me ocurra a mí".

"¡Escucha! Son las once, creo —dije mientras el lento repique de una campana resonaba desde una torre lejana—. De repente se detuvo, dejó de reír y comenzó a contar.

—Sí, son las once —dijo al fin con voz tímida e insegura—.

Me arrepentí de haberla asustado, haciéndola contar los golpes, y me maldije a mí mismo por mi impulso rencoroso; Sentí lástima por ella y no sabía cómo expiar lo que había hecho.

Comencé a consolarla, a buscar las razones por las que no venía, a presentar varios argumentos, pruebas. Nadie podía haber sido más fácil de engañar que ella en ese momento; Y, en efecto, cualquiera en un momento así escucha con gusto cualquier consuelo, cualquiera que sea, y se alegra si se puede encontrar una sombra de excusa.

—Y, en verdad, es una cosa absurda —comencé, calentando el tono de mi tarea y admirando la extraordinaria claridad de mi argumento—, por qué no pudo haber venido; me has confundido y confundido, Nastenka, de modo que yo también he perdido la cuenta del tiempo... Piénselo: apenas puede haber recibido la carta; Supongamos que él no puede venir, supongamos que va a contestar la carta, no podría venir antes de mañana. Iré a por él tan pronto como amanezca mañana y te lo haré saber de inmediato. Considera, hay miles de posibilidades; Tal vez no estaba en casa cuando llegó la carta, ¡y puede que ni siquiera ahora la haya leído! Puede pasar cualquier cosa, ya sabes".

—¡Sí, sí! —dijo Nastenka—. "No pensé en eso. ¿Por supuesto que puede pasar cualquier cosa? -prosiguió en un tono que no ofrecía oposición, aunque en él se oía algún otro pensamiento lejano como una discordia vejatoria-. —Te diré lo que tienes que hacer —dijo—: ve mañana por la mañana lo más temprano posible, y si consigues algo, avísame de inmediato. ¿Sabes dónde vivo, verdad?

Y empezó a repetirme su discurso.

Entonces, de repente, se volvió tan tierna, tan solícita conmigo. Parecía escuchar atentamente lo que le decía; pero cuando le hice alguna pregunta, se quedó callada, confundida y volvió la cabeza. La miré a los ojos, sí, estaba llorando.

"¿Cómo puedes? ¿Cómo puede? ¡Oh, qué bebé eres! ¡Qué puerilidad... ¡Ven, ven!"

Trató de sonreír, de calmarse, pero le temblaba la barbilla y el pecho seguía agitado.

—Estaba pensando en ti —dijo después de un minuto de silencio—. "Eres tan amable que yo sería una piedra si no lo sintiera. ¿Sabes lo que me ha ocurrido ahora? Los estaba comparando a ustedes dos. ¿Por qué no eres tú? ¿Por qué no es como tú? No es tan bueno como tú, aunque yo lo quiero más que a ti.

No respondí. Parecía esperar que yo dijera algo.

"Por supuesto, puede ser que aún no lo entienda completamente. Sabes que siempre le tuve miedo, por así decirlo; Siempre fue tan grave, como si fuera tan orgulloso. Por supuesto que sé que es solo que él parece así, sé que hay más ternura en su corazón que en el mío... Recuerdo cómo me miró cuando entré a su encuentro —¿te acuerdas?— con mi bulto; pero, sin embargo, lo respeto demasiado, ¿y eso no demuestra que no somos iguales?

—No, Nastenka, no —respondí—, eso demuestra que lo amas más que a nada en el mundo, y mucho más que a ti mismo.

—Sí, suponiendo que sea así —respondió Nastenka ingenuamente—. —¿Pero sabes lo que me llama la atención ahora? Sólo que ahora no estoy hablando de él, sino hablando en general; Todo esto me vino a la mente hace algún tiempo. Dime, ¿cómo es que no podemos ser todos como hermanos juntos? ¿Por qué es que incluso el mejor de los hombres siempre parece ocultar algo a otras personas y ocultar algo? ¿Por qué no decir directamente lo que hay en el corazón de uno, cuando uno sabe que no está hablando ociosamente? Tal como están las cosas, cada uno parece más duro de lo que realmente es, como si todos tuvieran miedo de hacer injusticia con sus sentimientos, al ser demasiado rápidos para expresarlos".

—Oh, Nastenka, lo que dices es verdad; pero hay muchas razones para ello —interrumpí reprimiendo mis propios sentimientos en ese momento más que nunca—.

"¡No, no!", respondió ella con profundo sentimiento. "¡Aquí, por ejemplo, no eres como las demás personas! Realmente no sé cómo decirte lo que siento; pero me parece que tú, por ejemplo... En el momento actual ... Me parece que estás sacrificando algo por mí —añadió tímidamente, mirándome fugazmente—. "Perdóname por decirlo, soy una chica sencilla, ya sabes. He visto muy poco de la vida, y realmente a veces no sé decir las cosas —añadió con una voz que temblaba con algún sentimiento oculto, mientras intentaba sonreír—; "pero solo quería decirte que estoy agradecida, que también lo siento todo... ¡Oh, que Dios te dé felicidad por ello! Lo que me dijiste sobre tu soñador es completamente falso ahora, es decir, quiero decir, no es cierto de ti. Te estás recuperando, eres un hombre muy diferente de lo que describías. Si alguna vez te enamoras de alguien, ¡Dios te dé felicidad con ella! No le desearé nada, porque será feliz contigo. Lo sé, yo también soy una mujer, así que debes creerme cuando te lo diga".

Dejó de hablar y me estrechó la mano cálidamente. Yo tampoco podía hablar sin emoción. Pasaron algunos minutos.

—Sí, está claro que no vendrá esta noche —dijo ella al fin levantando la cabeza—. "Es tarde".

—Vendrá mañana —dije en el tono más firme y convincente—.

—Sí —añadió sin señales de su antigua depresión—. Ahora me doy cuenta por mí mismo de que no podría venir hasta mañana. Bueno, adiós, hasta mañana. Si llueve, tal vez no vaya. Pero pasado mañana iré. Vendré con certeza, pase lo que pase; asegúrate de estar aquí, quiero verte, te lo contaré todo".

Y luego, cuando nos separamos, me dio la mano y me dijo, mirándome con franqueza: "Siempre estaremos juntos, ¿verdad?"

¡Oh, Nastenka, Nastenka! ¡Si supieras lo solo que estoy ahora!

Tan pronto como dieron las nueve, no pude quedarme adentro, sino que me puse mis cosas y salí a pesar del clima. Yo estaba allí, sentado en nuestro asiento. Fui a su calle, pero sentí vergüenza, y me volví sin mirar sus ventanas, cuando estaba a dos pasos de su puerta. Me fui a casa más deprimida que nunca. ¡Qué día tan húmedo y lúgubre! Si hubiera estado bien, habría caminado toda la noche...

¡Pero mañana, mañana! Mañana me lo contará todo. Sin embargo, la carta no ha llegado hoy. Pero eso era de esperarse. A estas alturas ya están juntos...

CUARTA NOCHE

¡Dios mío, cómo ha terminado todo! ¡En qué ha terminado todo! Llegué a las nueve. Ella ya estaba allí. La noté a cierta distancia; Estaba de pie, como la primera vez, con los codos apoyados en la barandilla, y no oyó que me acercara a ella.

—¡Nastenka! La llamé, reprimiendo mi agitación con un esfuerzo.

Se volvió hacia mí rápidamente.

—¿Y bien? —dijo ella. —¿Y bien? ¡Apresúrate!"

La miré perplejo.

"Bueno, ¿dónde está la carta? ¿Has traído la carta?", repitió agarrándose a la barandilla.

—No, no hay carta —dije al fin—. —¿Todavía no ha estado contigo? Se puso terriblemente pálida y me miró durante mucho tiempo sin moverse. Había destrozado su última esperanza.

-Bueno, que Dios esté con él -dijo al fin con voz entrecortada-; "Que Dios lo acompañe si me deja así".

Bajó los ojos, luego trató de mirarme y no pudo. Durante varios minutos estuvo luchando con su emoción. De repente se dio la vuelta, apoyó los codos en la barandilla y rompió a llorar.

"¡Oh, no lo hagas, no lo hagas!" Comencé; pero mirándola no tuve corazón para seguir adelante, ¿y qué iba a decirle?

—No trates de consolarme —dijo ella—; "No hables de él; No me digas que vendrá, que no me ha rechazado tan cruel e inhumanamente como lo ha hecho. ¿Para qué, para qué? ¿Puede haber algo en mi carta, esa carta de mala suerte?

En ese momento, los sollozos ahogaron su voz; mi corazón se desgarró al mirarla.

—¡Oh, qué inhumanamente cruel es! —empezó a decir de nuevo—. "¡Y ni una línea, ni una línea! Al menos podría haber escrito que no me quiere, que me rechaza... ¡pero ni una línea durante tres días! ¡Qué fácil es para él herir, insultar a una pobre muchacha indefensa, cuyo único defecto es que lo ama! ¡Oh, lo que he sufrido durante estos tres días! ¡Oh, vaya! Cuando pienso que fui la primera en ir a él, que me humillé ante él, que lloré, que le rogué un poco de amor... ¡Y después de eso! Escucha —dijo, volviéndose hacia mí, y sus ojos negros brillaron—, ¡no es así! No puede ser así; No es natural. O te equivocas tú o yo; ¿Quizás no ha recibido la carta? ¿Quizás todavía no sabe nada al respecto? ¿Cómo podría alguien —juzgue usted mismo, dígame, por el amor de Dios, explíquemelo, no lo entiendo—, cómo podría alguien comportarse con una tosquedad tan bárbara como se ha comportado conmigo? ¡Ni una palabra! Pues, la criatura más baja de la tierra es tratada con más compasión. Tal vez haya oído algo, tal vez alguien le haya dicho algo sobre mí —exclamó, volviéndose hacia mí inquisitivamente—: ¿Qué te parece?

—Escucha, Nastenka, mañana iré a verlo en tu nombre.

—¿Sí?

"Lo interrogaré sobre todo; Le contaré todo".

—¿Sí, sí?

"Escribes una carta. ¡No digas que no, Nastenka, no digas que no! Haré que respete tu acción, se enterará de todo, y si...

—No, amiga mía, no —interrumpió ella—. "¡Basta! Ni una palabra más, ni una línea más de mi parte, ¡basta! No lo conozco; Ya no lo quiero. Lo haré... Olvídalo.

No podía seguir.

"¡Cálmate, cálmate! Siéntate aquí, Nastenka —dije, haciéndola sentarse en el asiento—.

"Estoy tranquilo. No te preocupes. ¡No es nada! Son solo lágrimas, pronto se secarán. ¿Por qué te imaginas que me mataré a mí mismo, que me arrojaré al río?

Mi corazón estaba lleno: traté de hablar, pero no pude.

—Escucha —dijo ella tomándome la mano—. "Dime: no te hubieras comportado así, ¿verdad? ¿No habrías abandonado a una muchacha que había venido a ti por sí misma, no le habrías lanzado a la cara una burla desvergonzada a su débil y tonto corazón? ¿Te habrías ocupado de ella? Te habrías dado cuenta de que estaba sola, de que no sabía cómo cuidarse, de que no podía guardarse de amarte, de que no era su culpa, ni su culpa, que no había hecho nada... ¡Oh, Dios mío, Dios mío!

—¡Nastenka! Lloré al fin, incapaz de controlar mi emoción. "¡Nastenka, me torturas! ¡Me hieres el corazón, me estás matando, Nastenka! ¡No puedo quedarme callado! ¡Debo hablar por fin, dar expresión a lo que está surgiendo en mi corazón!"

Al decir esto, me levanté del asiento. Me tomó de la mano y me miró sorprendida.

—¿Qué te pasa? —dijo al fin—.

—Escucha —dije resueltamente—. —¡Escúchame, Nastenka! ¡Lo que te voy a decir ahora es todo una tontería, todo imposible, todo estúpido! Sé que esto nunca puede ser, pero no puedo quedarme callado. ¡Por el bien de lo que estás sufriendo ahora, te ruego de antemano que me perdones!"

"¿Qué es? ¿Qué pasa?", dijo secándose las lágrimas y mirándome fijamente, mientras una extraña curiosidad brillaba en sus ojos asombrados. "¿Qué pasa?"

—¡Es imposible, pero te quiero, Nastenka! ¡Ahí está! Ahora todo está contado", dije con un gesto de la mano. "Ahora verás si puedes seguir hablándome como lo hacías hace un momento, si puedes escuchar lo que te voy a decir". ...

—¿Y entonces qué? Nastenka me interrumpió. —¿Y qué hay de eso? Sabía que me querías hace mucho tiempo, solo que siempre pensé que simplemente te gustaba mucho... ¡Oh, Dios mío, Dios mío!

—Al principio era simplemente gusto, Nastenka, pero ahora, ¡ahora! Estoy en la misma posición que tú estabas cuando fuiste a verlo con tu bulto. En una posición peor que tú, Nastenka, porque a él no le importaba nadie más como a ti.

"¡Qué me estás diciendo! No te entiendo en lo más mínimo. Pero dime, ¿para qué es esto? No quiero decir para qué, pero ¿por qué estás ... Así que de repente.... ¡Oh, Dios mío, estoy diciendo tonterías! Pero tú...".

Y Nastenka se interrumpió confundida. Sus mejillas ardían; Bajó los ojos.

—¿Qué hacer, Nastenka, qué voy a hacer? Yo tengo la culpa. He abusado de tu... Pero no, no, yo no tengo la culpa, Nastenka; Lo siento, lo sé, porque mi corazón me dice que tengo razón, porque no puedo herirte de ninguna manera, ¡no puedo herirte! Era tu amigo, pero sigo siendo tu amigo, no he traicionado ninguna confianza. Aquí caen mis lágrimas,

Nastenka. Déjalos fluir, déjalos fluir, no lastiman a nadie. Se secarán, Nastenka.

—Siéntate, siéntate —me dijo, haciéndome sentar en el asiento—. —¡Oh, Dios mío!

—No, Nastenka, no me sentaré; No puedo quedarme aquí por más tiempo, no puedes volver a verme; Te lo diré todo y me iré. Solo quiero decir que nunca te habrías enterado de que te amaba. Debería haber guardado mi secreto. No te habría preocupado en un momento así con mi egoísmo. ¡No! Pero ahora no pude resistirme; Tú mismo hablaste de ello, es tu culpa, tu culpa y no la mía. No puedes alejarme de ti". ...

-¡No, no, no te ahuyento, no! -dijo Nastenka, disimulando su confusión lo mejor que pudo, pobre niña-.

"¿No me ahuyentas? ¡No! Pero yo mismo tenía la intención de huir de ti. Me iré, pero primero te lo diré todo, porque cuando llorabas aquí no podía quedarme impasible, cuando llorabas, cuando estabas en tortura por ser, por ser, hablaré de ello, Nastenka, por ser abandonada, por ser rechazada tu amor, sentí que en mi corazón había tanto amor por ti, ¡Nastenka, tanto amor! Y me parecía tan amargo que no podía ayudarte con mi amor, que se me rompía el corazón y yo... ¡No podía quedarme callada, tenía que hablar, Nastenka, tenía que hablar!"

"¡Sí, sí! dime, háblame", dijo Nastenka con un gesto indescriptible. "Tal vez pienses que es extraño que te hable así, pero... ¡hablar! ¡Te lo contaré después! Te lo diré todo".

—¡Lo sientes por mí, Nastenka, simplemente lo sientes por mí, mi querida amiguita! Lo que está hecho no se puede reparar. Lo que se dice no se puede retractar. ¿No es así? Bueno, ahora ya lo sabes. Ese es el punto de partida. Muy bien. Ahora está bien, solo escucha. Cuando estabas sentada llorando pensé para mí misma (¡oh, déjame decirte lo que estaba pensando!), pensé que (por supuesto que no puede ser, Nastenka), pensé que tú... Pensé que de alguna manera ... Completamente aparte de mí, había dejado de amarlo. Entonces... pensé que ayer y anteayer, Nastenka... entonces yo habría logrado... ciertamente habría logrado que me amaras; tú sabes, tú misma dijiste, Nastenka, que casi me amabas. Bueno, ¿y ahora qué? Bueno, eso es casi todo lo que quería decirte; Todo lo que queda por decir es cómo sería si me amaras, solo eso, ¡nada más! Escucha, amigo mío, porque de cualquier manera que seas mi amigo, soy, por supuesto, un hombre pobre y humilde, sin gran importancia; pero ese no es el punto (no parece poder decir lo que quiero decir, Nastenka, estoy tan confundida), solo que te amaría, te amaría tanto, que incluso si todavía lo amaras, incluso si siguieras amando al hombre que no conozco, nunca sentirías que mi amor es una carga para ti. Solo sentirías cada minuto que a tu lado latía un corazón agradecido, agradecido, un corazón cálido listo para tu bien... ¡Oh Nastenka, Nastenka! ¿Qué me has hecho?

"No llores; No quiero que llores —dijo Nastenka, levantándose rápidamente del asiento—. —Ven, levántate, ven conmigo, no llores, no llores —dijo, secándose las lágrimas con el pañuelo—; "Vámonos ahora; tal vez te diga algo.... Si ahora me ha abandonado, si me ha olvidado, aunque todavía lo amo (no quiero engañarte)... Pero escucha, respóndeme. Si yo te amara, por ejemplo, es decir, si sólo... ¡Oh amigo mío, amigo mío! Pensar, pensar cómo te herí, cuando me reí de tu amor, cuando te alabé por no enamorarte de mí. ¡Oh, vaya! ¿Cómo fue que no preví esto, cómo fue que no preví esto, cómo pude haber sido tan estúpido? Pero.... Bueno, ya he tomado una decisión, te lo diré".

—Mira, Nastenka, ¿sabes qué? Me iré, eso es lo que haré. Simplemente te estoy atormentando. Aquí estás arrepentido de haberte reído de mí, y no te voy a permitir ... además de tu pena.... Por supuesto que es mi culpa, Nastenka, pero ¡adiós!

"Quédate, escúchame: ¿puedes esperar?"

"¿Para qué? ¿Cómo?

"Lo amo; pero lo superaré, debo superarlo, no puedo dejar de superarlo; Lo estoy superando, siento que... ¿Quién sabe? Tal vez todo termine hoy, porque lo odio, porque se ha estado riendo de mí, mientras tú has estado llorando aquí conmigo, porque no me has rechazado como él lo ha hecho, porque me amas mientras que él nunca me ha amado, porque de hecho, yo mismo te amo... ¡Sí, te amo! Te amo como tú me amas. Te lo he dicho antes, tú mismo lo has oído: te amo porque eres mejor que él, porque eres más noble que él, porque, porque él...

La emoción de la pobre muchacha era tan violenta que no pudo decir más; Apoyó su cabeza en mi hombro, luego en mi pecho, y lloró amargamente. La consolé, la convencí, pero no paraba de llorar; ella seguía apretando mi mano y diciendo entre sollozos: "¡Espera, espera, terminará en un minuto! Quiero decirte... No debes pensar que estas lágrimas no son nada, es debilidad, espera a que se acabe". ... Al final dejó de llorar, se secó los ojos y volvimos a caminar. Quise hablar, pero ella me rogó que esperara. Nos quedamos en silencio... Por fin se armó de valor y empezó a hablar.

—Es así —empezó a decir con voz débil y temblorosa, en la que, sin embargo, había una nota que me atravesó el corazón con una dulce punzada—; "No pienses que soy tan ligero e inconstante, no pienses que puedo olvidar y cambiar tan rápido. Lo he amado durante todo un año, y juro por Dios que nunca, nunca, ni siquiera en pensamiento, le he sido infiel. Me ha despreciado, se ha reído de mí... ¡Dios lo perdone! Pero me ha insultado y herido mi corazón. Yo... No lo amo, porque sólo puedo amar lo que es magnánimo, lo que me comprende, lo que es generoso; porque yo mismo soy así y él no es digno de mí, bueno, ya basta de él. Lo ha hecho mejor que si hubiera defraudado más tarde mis expectativas y me hubiera demostrado más tarde lo que era... Bueno, ¡se acabó! Pero quién sabe, mi querida amiga -continuó apretándome la mano-, ¿quién sabe?, ¿tal vez todo mi amor fue un sentimiento equivocado, una ilusión, tal vez comenzó en una travesura, en una tontería, porque la abuela me guardaba tan estrictamente? Tal vez debería amar a otro hombre, no a él, a un hombre diferente, que tendría lástima de mí y... y.... Pero no nos dejes decir nada más sobre eso —interrumpió Nastenka, sin aliento por la emoción—, solo quería decirte... Quería decirte que si, a pesar de que lo amo (no, lo amé), si, a pesar de esto todavía dices... Si sientes que tu amor es tan grande que al final puede expulsar de mi corazón mi antiguo sentimiento, si quieres tener piedad de mí, si no quieres dejarme solo a mi suerte, sin esperanza, sin consuelo, si estás dispuesto a amarme siempre como lo haces ahora, te juro esa gratitud... que mi amor será al fin digno de tu amor... ¿Me coges la mano?

—¡Nastenka! Lloré sin aliento con sollozos. "¡Nastenka, oh Nastenka!"

"¡Basta, basta! Bueno, ahora es suficiente —dijo ella, apenas capaz de controlarse—. "Bueno, ahora todo está dicho, ¿no es así? ¿No es así? Tú eres feliz, yo también lo soy. Ni una palabra más al respecto, espere; perdóname... hablar de otra cosa, por el amor de Dios.

—¡Sí, Nastenka, sí! Basta de eso, ahora estoy feliz. Yo... Sí, Nastenka, sí, hablemos de otras cosas, apresurémonos y hablemos. ¡Sí! Estoy listo".

Y no sabíamos qué decir: reímos, lloramos, dijimos miles de cosas sin sentido e incoherentes; En un momento caminamos por la acera, luego de repente nos dimos la vuelta y cruzamos la calle; Luego nos detuvimos y volvimos de nuevo al terraplén; Éramos como niños.

—Ahora vivo sola, Nastenka —comencé—, ¡pero mañana! Claro que sabes, Nastenka, que soy pobre, que sólo tengo mil doscientos rublos, pero eso no importa.

"Por supuesto que no, y la abuela tiene su pensión, por lo que no será una carga. Tenemos que llevarnos a la abuelita".

"Por supuesto que debemos llevar a la abuelita. Pero ahí está Matrona.

"¡Sí, y también tenemos a Fyokla!"

"Matrona es una buena mujer, pero tiene un defecto: no tiene imaginación, Nastenka, absolutamente ninguna; Pero eso no importa".

"Está bien, pueden vivir juntos; Lo único que tienes que hacer es que te mudes a nosotros mañana.

—¿A ti? ¿Cómo es eso? Está bien, estoy listo".

"Sí, alquila una habitación con nosotros. Tenemos un piso superior, está vacío. Teníamos una anciana que se alojaba allí, pero se ha ido; y sé que a la abuelita le gustaría tener un joven. Le dije: '¿Por qué un hombre joven?' Y ella dijo: 'Oh, porque soy vieja; pero no te imaginas, Nastenka, que lo quiero por esposo para ti. Así que supuse que era con esa idea".

—¡Oh, Nastenka!

Y los dos nos reímos.

"Ven, ya basta, ya basta. Pero, ¿dónde vives? Se me ha olvidado.

—Por ahí, cerca del puente X, los edificios de Barannikov.

—¿Es esa casa grande?

—Sí, esa casa grande.

—Oh, lo sé, una casa bonita; Solo tú sabes que será mejor que lo dejes y vengas a vernos lo antes posible.

—Mañana, Nastenka, mañana; Debo un poco por mi alquiler allí, pero eso no importa. Pronto recibiré mi salario.

—¿Y sabes que tal vez daré lecciones; Aprenderé algo por mí mismo y luego daré lecciones".

"¡Capital! Y pronto recibiré un bono".

De modo que mañana serás mi huésped.

-Y nos iremos a *El Barbero de Sevilla*, porque pronto se la van a dar.

-Sí, iremos -dijo Nastenka-, pero será mejor que veamos otra cosa y no *El Barbero de Sevilla*.

—Muy bien, algo más. Por supuesto que será mejor, no pensé...

Mientras hablábamos así, caminábamos en una especie de delirio, una especie de embriaguez, como si no supiéramos lo que nos estaba pasando. En un momento nos detuvimos y hablamos largo rato en el mismo lugar; Luego volvimos a continuar, y Dios sabe adónde fuimos; y otra vez lágrimas y otra vez risas. De repente, Nastenka quería volver a casa, y yo no me atrevía a detenerla, sino que quería llevarla a la casa; Nos pusimos en marcha, y al cabo de un cuarto de hora nos encontramos en el terraplén, junto a nuestro asiento. Entonces suspiraba, y las lágrimas volvían a brotar de sus ojos; Me quedaba helado de consternación... Pero ella me apretaba la mano y me obligaba a caminar, a hablar, a charlar como antes.

"Es hora de que por fin esté en casa; Creo que debe de ser muy tarde —dijo por fin Nastenka—. "Debemos dejar de ser infantiles".

—Sí, Nastenka, sólo que esta noche no dormiré; No me voy a casa".

—Yo tampoco creo que vaya a dormir; Solo mírame en casa".

—¡Debería pensar que sí!

"Solo que esta vez realmente debemos llegar a la casa".

"Debemos, debemos".

"¿Honor brillante? ¡Porque sabes que uno tiene que volver a casa algún día!

—Honor brillante —respondí riendo—.

—¡Bueno, ven!

"¡Ven! Mira al cielo, Nastenka. ¡Mirar! Mañana será un día precioso; ¡Qué cielo azul, qué luna! Mirar; Esa nube amarilla lo está cubriendo ahora, ¡mira, mira! No, ha pasado de largo. ¡Mira, mira!"

Pero Nastenka no miró a la nube; Permaneció muda, como convertida en piedra; Un minuto después se acurrucó tímidamente cerca de mí. Su mano temblaba en la mía; La miré. Se acercó aún más a mí.

En ese momento un joven pasó junto a nosotros. De repente se detuvo, nos miró fijamente y luego volvió a dar unos pasos. Mi corazón comenzó a palpitar.

—¿Quién es, Nastenka? —dije en voz baja—.

—Es él —contestó ella en un susurro, acurrucándose hacia mí, aún más cerca, aún más trémulamente—. Apenas podía mantenerme en pie.

"¡Nastenka, Nastenka! ¡Eres tú!" Escuché una voz detrás de nosotros y en el mismo momento el joven dio varios pasos hacia nosotros.

¡Dios mío, cómo gritó! ¡Cómo empezó! ¡Cómo se arrancó de mis brazos y corrió a su encuentro! Me puse de pie y los miré, completamente destrozado. Pero apenas le había dado la mano, apenas se había arrojado a sus brazos, cuando se volvió de nuevo hacia mí, volvió a estar a mi lado en un instante y, antes de que supiera dónde estaba, me echó ambos brazos al cuello y me dio un beso cálido y tierno. Luego, sin decirme una palabra, corrió hacia él de nuevo, lo tomó de la mano y lo arrastró tras ella.

Estuve mucho tiempo cuidándolos. Al final, los dos desaparecieron de mi vista.

MAÑANA

Mi noche terminó con la mañana. Era un día lluvioso. La lluvia caía y golpeaba desconsoladamente el cristal de mi ventana; Estaba oscuro en la habitación y gris en el exterior. Me dolía la cabeza y estaba mareado; La fiebre se apoderaba de mis extremidades.

—Hay una carta para usted, señor; el cartero lo trajo —dijo Matrona inclinándose sobre mí—.

—¿Una carta? ¿De quién? —exclamé saltando de la silla—.

—No sé, señor, será mejor que mire, tal vez esté escrito allí de quién es.

Rompí el sello. ¡Era de ella!

* * * * *

"¡Oh, perdóname, perdóname! ¡Te ruego de rodillas que me perdones! Te engañé a ti y a mí mismo. Era un sueño, un espejismo... Hoy me duele el corazón por ti; ¡Perdóname, perdóname!

"No me culpes, porque no he cambiado para ti en lo más mínimo. Te dije que te amaría, te amo ahora, te amo más que tú. ¡Dios mío! ¡Si tan solo pudiera amarlos a los dos a la vez! ¡Oh, si tan solo fueras él!

[«Oh, si tan solo fuera tú», resonó en mi mente. ¡Recordé tus palabras, Nastenka!]

"¡Dios sabe lo que haría por ti ahora! Sé que estás triste y triste. Te he herido, pero tú sabes que cuando uno ama un mal se olvida pronto. Y tú me amas.

"¡Gracias, sí, gracias por ese amor! Porque vivirá en mi memoria como un dulce sueño que persiste mucho después de despertar; porque recordaré para siempre aquel instante en que me abriste tu corazón como a un hermano y aceptaste tan generosamente el don de mi corazón destrozado para cuidarlo, cuidarlo y curarlo... Si me perdonas, tu recuerdo será exaltado por un sentimiento de eterna gratitud que nunca se borrará de mi alma... Atesoraré ese recuerdo: seré fiel a él, no lo traicionaré, no traicionaré mi corazón: es demasiado constante. Ayer volvió tan rápidamente a aquel a quien siempre ha pertenecido.

"Nos encontraremos, vendrás a nosotros, no nos dejarás, serás para siempre un amigo, un hermano para mí. Y cuando me veas, me darás tu mano... ¿Sí? Me lo darás, me has perdonado, ¿no es así? ¿Me quieres *como antes*?

"Oh, ámame, no me desampares, porque te amo tanto en este momento, porque soy digno de tu amor, porque lo mereceré... ¡Cariño! La semana que viene me casaré con él. Ha vuelto enamorado, nunca me ha olvidado. No te enfadarás si escribo sobre él. Pero quiero ir a verte con él; Te va a gustar, ¿verdad?

"Perdóname, recuerda y ama a tu

—Nastenka.

* * * * *

Leí esa carta una y otra vez durante mucho tiempo; Las lágrimas brotaron de mis ojos. Al fin se me cayó de las manos y oculté mi rostro.

"¡Querido! Digo, querida... —empezó a decir la matrona—.

—¿Qué pasa, matrona?

"He quitado todas las telarañas del techo; Puedes tener una boda o dar una fiesta".

Miré a Matrona. Todavía era una anciana robusta y *joven*, pero no sé por qué de repente me la imaginé con los ojos sin brillo, la cara arrugada, encorvada, decrépita... No sé por qué de repente me imaginé mi habitación envejecida como Matrona. Las paredes y los suelos parecían descoloridos, todo parecía sucio; Las telas de araña eran más gruesas que nunca. No sé por qué, pero cuando miré por la ventana me pareció que la casa de enfrente también había envejecido y sucio, que el estuco de las columnas se estaba descascarando y desmoronando, que las cornisas estaban agrietadas y ennegrecidas, y que las paredes, de un amarillo intenso, estaban irregulares.

O bien los rayos de sol que se asomaban de repente entre las nubes por un momento se ocultaron de nuevo detrás de un velo de lluvia, y todo se había vuelto sucio de nuevo ante mis ojos; o tal vez todo el panorama de mi futuro se presentaba ante mí tan triste e imponente, y me vi tal como era ahora, quince años después, más viejo, en la misma habitación, igual de solitario, con la misma Matrona que no se había vuelto más inteligente durante esos quince años.

¡Pero imaginar que debería guardarte rencor, Nastenka! Que yo arrojara una nube oscura sobre tu felicidad serena y tranquila; que con mis amargos reproches causara angustia a tu corazón, lo envenenara con remordimientos secretos y lo obligara a palpitar de angustia en el momento de la bienaventuranza; que aplaste una sola de esas tiernas flores que has trenzado en tus oscuras trenzas cuando vas con él al altar... ¡Oh, nunca, nunca! ¡Que tu cielo esté despejado, que tu dulce sonrisa sea brillante y tranquila, y que seas bendecido por ese momento de dichosa felicidad que le diste a otro corazón solitario y agradecido!

¡Dios mío, todo un momento de felicidad! ¿Es eso demasiado poco para toda la vida de un hombre?